カナダ
Canada
ワシントン
Washington
オレゴン
Oregon
ノースダコタ
North Dakota
ワイオミング
Wyoming
アメリカ合衆国
United States of America
サンフランシスコ
GOAL
メキシコ合衆国
Estados Unidos
Mexicanos

THE PRIORITY LIST
人生という教室

A Teacher's Final Quest
to Discover Life's Greatest Lessons

プライオリティ・リストが教えてくれたこと

David Menasche

東洋出版

THE PRIORITY LIST

A Teacher's Final Quest to Discover Life's Greatest Lessons

by

David Menasche

強がる必要はないと僕を諭し、
勇敢になるすべを示してくれた
兄のジャック・メナシェに、本書を捧げる

人生という教室

プライオリティ・リストが教えてくれたこと

目次

プロローグ

偉大なるメジャーリーガー、ルー・ゲーリッグは、36歳という若さで自らの最期が近いと知った。その後、ヤンキースタジアムで行われた引退式でファンやチームメイトたちに贈ったお別れのスピーチを、僭越ながら拝借させてほしい。

「今日の私は決して不幸ではありません。この地球上で最も幸運な男だと思っています」

僕もそう思っている。そして、幸せだ。


教師としての仕事に脂がのっていた2006年、脳腫瘍と診断され、余命数カ月の宣告を受けた僕は、引退時のルーと同じくらいの年齢だった。それから7年の月日が流れ、このニューオーリンズの自宅で、身体の自由がきかず両目がほとんど見えない状態でも、窓の外に咲きほこるピンク色のマグノリアの美しさを味わい、愛する人たちを見守りながら、友人たちと笑い声をあげ、こうして話をする機会を持てることに幸せを感じている。

僕は現実的な人間だ。自分がまだ生きていられる根拠はどこにもないのだ。この病気は、最後に勝つのが僕でなく腫瘍なのだということを一時たりとも忘れさせてはくれない。だから、腫瘍が進行するであろうことも、そのときが案外早く訪れるだろうことも、ちゃんと承知している。

しかし、視力が落ちて世界に暗い影が落ち、自力でフォークを持って食事ができなくなるほど両腕の筋力が衰え、身体を支える両脚が弱っていく間も、僕が知るただひとつのやり方、限られた時間を歓びで満たして過ごそうと心に決めている。

もう以前のように教壇に立つことはできない。でも今の願いは、とりわけ死期が近い自分の経験や教訓を分かち合うことで、みんなが命の尊さに気づいてくれることだ。残り時間がわずかな今ほど、僕は生きていることに感謝したことはない。

ここで、アイアン・ホース（鉄の馬）の異名を取ったルー・ゲーリッグのスピーチの一節を、もう一度引用したい。

「最後に伝えたいのですが、みなさんは私が不運に見舞われたと思われるかもしれません。しかし私は、数え切れないほど多くの生きがいを手にしているのです」

僕もこの呼吸が止まるまで、そうするつもりだ。

1　余命宣告

　左耳で耳鳴りが聞こえていた。頭の周りでブョが遊園地にある回転ブランコさながら、ブンブンと飛び回っているようでいらいらしたが、それを除けばほとんど気にならなかった。ただし、ブンブンという音は頭の中で響いていた。なるべく気に掛けないようにしていたものの、自覚してから数カ月が経ったある日、耳鳴りは身体の震えへと姿を変え、その震えは顔面から左半身を突き抜けて、両つま先にまで達した。

「そろそろ医者に診てもらう時期だ、メナシェ」僕は自分にそう言い聞かせた。

　診察の予約を取ってくれたのは妻のポーラだった。結婚生活で、手配や段取りが必要なことはすべて妻が引き受けてくれていた。ポーラがいなければ、電気料金の支払いを滞らせていることもすっかり忘れて、そのまま電気を止められることも十分にありえた。

　かかりつけの医師を訪ねると、耳鼻咽喉科の専門医を紹介された。その専門医の診断では、神経科医に診てもらう必要があるとのことだった。ポール・ダムスキーという名の神経科医は当時弱冠34歳で、僕とさほど年齢も変わらず、冷静沈着で歯に衣着せないタイプのようだった。僕好みだ。

震えの原因は圧迫神経症かチック症だ、とダムスキー医師は診断してくれるものと期待していたのだが、それどころか彼は一連の検査を受けるよう指示を出したのだった。検査の名称は、ＥＥＧ、ＥＫＧ、ＣＡＴ、ＭＲＩと頭文字の略語ばかり。最初の３つの検査結果は「異常なし」と知り、ほっと胸を撫で下ろした。

ダムスキー医師の話では、４つめのＭＲＩという磁気共鳴画像を使った検査が終われば明確な診断が下せるとのことで、結果が出るまで数日待つように言われた。結果を待つのが好きな人間なんていないし、僕も決して例外ではない。そこで結果を待つ間、教師の仕事という、心が歓ぶたったひとつのことに情熱を注いだ。

コーラル・リーフ高校がマイアミ市屈指のマグネット・スクールと呼ばれるには、それ相応の理由がある。大学進学に特化した計6学科、国際バカロレア、農業科学工学、経営・金融学、法・行政学、保健科学、視覚・舞台芸術をそれぞれ目指して、全米中の学生たちが入学資格を競い合う。最初の5学科の入学資格は抽選で決まるのだが、視覚・舞台芸術学科の志願者だけはオーディションが義務づけられ、学生たちがしのぎを削る。

大勢のパフォーマーの熱気で溢れる校内の雰囲気は、さながら映画『フェーム』を観ているようだ。いつも廊下のいたるところで、少年少女たちが歌やダンスのステップの練習に明け暮れている、そんな最高に雰囲気がいい場所だ。病に冒されるまで、僕は一日も欠勤したことがなかった。

僕はコーラル・リーフ高が開校した1997年当初からの職員だった。新卒で採用され、まだ25歳だった僕は実際のところ、生徒たちとそれほど年が離れていなかった。

勤続16年間の大半は、高2の上級・大学レベルの英語を受け持っていた。15、16歳の若者たちが、車の運転を覚え、初めてのアルバイトを経験し、ドラッグ、アルコール、セックスを試したり、アイデンティティの形成や自由を手に入れるすべを学んだりしながら、人生に関わる初めての決断——将来の仕事、恋愛、住む場所、志望大学や志望学科——に果敢に挑む姿を見るのが、このうえなく好きだった。生徒たちが様々な経験をし、物事の理屈を理解し始める時期だ。自立心が芽生え、独り立ちしようという気持ちが先走ることもしばしばあるが、奇跡的に、学校嫌いだという生徒はまだ数えるほどで、彼らの変化の過程に立ち会えることがとても誇らしかった。

僕がありきたりの教師のひとりではないことを示したいという思いから、いつも教室を開放していた。ランチタイムになると、大抵6〜12人の生徒のたまり場になっていた。芝居のセリフや歌やダンス、それにバイオリンやギターの練習に励む姿を見かける日も少なくなかった。始業時間前や放課後には、ボーイフレンドとの喧嘩や、成績が悪かったと言って泣きながら教室に入ってくる生徒もあったが、それ以外は歓びに満ちた環境だった。

脳腫瘍と宣告された日も、そんな感じで一日が過ぎていくはずだった。

僕が一番好きな祝日である感謝祭の前日、職場で一番仲の良い同僚で高3の上級英語担当のデニス・アーノルドと一緒にデスクでランチを食べていた。小柄なデニスは小食で、食事をすると言っても、デスクの引き出しにしまっているM&M'sチョコレートを数粒口にする程度だった。僕はと言えば、デニスに何口かでも食べさせるために、ランチには大抵ヘルシーなメニューを選んでいた。

その日もカフェテリアで買ったサラダをシェアしながら、しなびたレタスと湿気たクルトンの中にキュウリを見つけ、ツイてるぞ、と二人でジョークを飛ばし合っていた。その間も生徒たちが自由に教室を出入りしていた。僕とデニスがランチを終えようとしていたところに、昔のスーパーマリオブラザーズのテーマソングの着信音が響き、僕の携帯電話が鳴った。電話をとると、画面はダムスキー医師のオフィスからの着信を知らせていた。

「もしもし?」僕はデスクから立ち上がりながら応えた。

「こちらはダムスキー医師のオフィスでナース・プラクティショナー【上級資格を持つ看護師】をしている者です」

電話の向こうでは、沈んだ声が続いた。「先日の検査の結果が届きました」

楽観的な性分のなせる業だろうか。普段から物事は最終的にうまくいくものだと考えるほうだ。だからそのときも、「それはよかった！　結果はどうでしたか」と明るい声で返した。

するとと彼女は、僕の心臓を震えさせるくらい、ひとしきりためらった。「いいえ、こちらまでお越しいただく必要があります。ご家族もご一緒に」

腹に大きな一撃を食らわされたような気がした。「今は学校なので、うかがえるのは後になります」そう応えるのが精一杯だった。

恐怖心とは人をひどくもてあそぶものだ。僕は、今すぐには行けない、と返事をすることで、つまり電話が鳴る前の、普段どおりの自分の生活にしがみついていれば検査結果を変えられるかもしれない、と期待していたのだろう。今は無理だと返答すれば、ナースが「そうですか、わかりました。では別の日にいらしてください」と言ってくれるはずだ、と。

でも彼女はこう続けた。

「何時になっても構いません。先生はお待ちになりますから」

今度はスパイク付きの靴で蹴られたような衝撃を感じた。

「わかりました」

携帯電話をカチリと閉じ、デニスのほうに向き直った。茫然としたように口を開けたまま不安そうに目を見開いている。

「検査結果が出たんだ。直接聞きに行かなくちゃならないらしい。これは悪い知らせだな」

デニスは僕を見つめながら励ますように言った。

「大丈夫よ、ダヴィード。私にはわかるの。ほら！　あなたはどんなことにも負けないから！」

午後の授業をどう切り抜けたのか、まったく覚えていない。生徒たちとのディスカッションに夢中になって、医者のことを忘れた瞬間が何度かあったことは記憶している。放課後、デニスと一緒に駐車場に向かって歩きながら、今後のことや僕の調子について話した。そして車にたどり着くと、デニスに向かって言った。

「今までどおりでいられるのはこれが最後だよ」

このまま時間を止められたらいいのに――。

運転席に乗り込むと、ラジオのボリュームを上げ、妻を迎えに行くため高速道路を北へ向かって車を走らせた。ポーラはマイアミ市内の別の高校で歴史の教師をしていた。運転免許を持っていなかったので、僕が職場へ送り迎えするのが日課だった。到着すると、ポーラはいつもと変わらず、建物の外で僕を待っていた。助手席に飛び乗ったポーラを横目に、ラジオのボリュームを下げると、検査の結果が出たことを伝えた。

妻は平静を保とうとしていたが、僕と同じくらい狼狽しているのが、手に取るようにわかった。

ポーラの学校から医者の元に到着するまでかなりの時間がかかったのだが、僕には早すぎるほどだった。頭の中では、ダムスキー医師との面会を先延ばしにすればするほど、何もかも大丈夫なふりができるはずだと考え続けていた。口の中はカラカラに乾き、胃がぎゅっと締め付けられるようだった。ポーラは当たり障りのない会話をしようと、その日一日の出来事を話してくれた。妻の心遣いに感謝したが、僕の耳には何も入ってこない。ただうんうんと頷きながら、呼吸を整えようとした。

約束どおり、ダムスキー医師は待っていてくれた。電話で話したナースは僕の視線を避けながら、開け放たれたオフィスのドアを指さした。

僕とポーラがオフィスに足を踏み入れると、デスクに着いているダムスキー医師の姿が目に入った。その茶色の髪は前回に会ったときよりも短くなっていて、白衣姿に首には聴診器をかけていた。

「お座りください」

ダムスキー医師はそう言って、デスクの真向かいに置かれた2脚の茶色いビニール製チェアを示すと、僕にはさっぱり意味のわからない医学用語を使いながら、検査結果について話し始めた。

グリオブラストーマ？　その意味を理解するどころか、発音さえおぼつかない。

「わかりました。それではこちらをご覧ください」

彼の背後にある大型のＰＣモニターには不気味な画像が映し出されている。おどろおどろしい渦を巻き、黒と白と灰色が混ざり合ったその画は、まるでロールシャッハ・テストのようだ。ダムスキー医師はモニターのほうに向きを変え、画面を指さしながら、「これがあなたの脳です」とあっさりとした口調で言った。

僕は画面をよく見るために椅子の位置を変え、ポーラは立ち上がって僕の後ろに立った。自分が見ているものが一体何なのか、さっぱり見当がつかない。すると医師は、灰色の部分にある白い塊を指し示した。天気予報でよく見かける、ドップラー・レーダーのスクリーンに映るハリケーン雲の画像みたいだ。この脳内の「ハリケーン」が腫瘍なのだと言う。説明は十分わかりやすかったが、訊きたい質問が山ほどあった。自分の中にある教師の部分がむくむくと頭をもたげていた。

「それはどういう意味でしょうか。良性なんですか」

そうは問屋が卸すはずもない。ダムスキー医師は手にしていたペンとクリップボードを置き、僕の目をじっと見据えると、居心地が悪そうに椅子の中で座り位置を変えた。

「脳腫瘍に良性はありません」

「がん、ということですか」

「そう、がんです」

いっそのこと、みぞおちを思いきり殴ってもらったほうがマシだと思った。息ができない。挫折感。心にぽっかりと穴が空いたようだ。ダムスキー医師は、僕の顔に浮かんだ恐怖を察したのか、自分がたった今お見舞いした一撃を和らげようと、こう続けた。

「ですが、詳しいことはまだわからないんですよ、ダヴィード。生検［患部の一部を切り取って病理学的に調べる検査］をしてみないことにはね」

何のために？　たった今「がんです」と言い切ったじゃないか。

「腫瘍の進行速度を知るためにも、詳細が必要なんです。もしかしたら20年の間に、ゆっくりと進行してきたのかもしれませんし」

なるほど、生検ぐらいたいしたことないさ、と思った。このときは頭蓋骨の一部を切除することになるとはつゆ知らずだった。

「夏休みが始まってからで構いませんか」

ダムスキー医師は、授業中に生徒が青臭い質問をしたときに僕がそうするように、唇をぎゅっと結んで言った。

「いいえ、それでは先過ぎます」

「わかりました。だったら、クリスマス休暇ならどうです？　ちょうど1カ月後ですし」

「正直申し上げて、それまであなたの身体が持つのか、わからないんです」

僕はまるで平手打ちされたように、彼からさっと離れた。ダメージが次から次へとやってくる。治療を施さなければ、余命は約2カ月だという。ぼんやりと室内を見回すと、外科医が着る手術着よりももっと落ち着いた色合いの壁には、脳と脊髄のポスターが飾られていた。部屋の片隅には、ぱりっとした白い紙に覆われたステンレス製の検査台が見える。何もかもが寒々しく、病棟のように殺風景だった。死を宣告されるのだから、せめてもっと居心地のいい環境にいるべきじゃないだろうか。

「僕が僕でいられるのは、あとどれくらいですか」そう質問しながら、すでに答えはわかっていた。その時期はもう過ぎてしまったのだ。

ポーラは毅然としていたが、僕は頭が真っ白になっていた。その場を失礼すると、兄に電話をかけるため外に出て、そのまま駐車場へと向かった。8歳上の兄ジャックはフリーランスの編集者兼ジャーナリストで、どんなに慌ただしいスケジュールの中でも、いつも力になってくれた。ジャックは心の支えだった。

ジャックの声を聞いた途端、僕は泣き崩れた。言葉が言葉にならない。脳腫瘍。末期。余命数カ月。くそっ、まだ34歳だっていうのに。僕は仕事、妻、人生を愛していた。陳腐に聞こえるかもしれないが、人は自分の死を宣告されると、「こんなことってあるか。この悪夢からいつ目が覚めるんだ」と心底途方に暮れるものだ。

嗚咽しながら、電話越しのジャックに向かって思いのたけをぶつけた。こんなことがあっていいのか。良き人間であろうとしてきたのに。正しいことをしようと努力してきたのに。

知らぬ間に頭をぶつけたのか。何か身体に良くないものを食べたのか。ジャックはついに口を開いた。

「ダヴィード、もっと毅然としなくちゃだめじゃないか」

ジャックらしい言葉だった。顎を上げろ。毅然とした態度を貫け。勇敢であれ。ジャックのために、ポーラのために、そして生徒たちのために、そうありたかった。意気地のない、無力で、自制心を失った人間だとは思われたくなかった。

大きく息を吸い込んでゆっくり吐き出した。それからもう一度深呼吸をすると、突然降って湧いたように、自分で考えもしなかった言葉が口をついて出てきた。

「心配しないで。僕にまかせて」

その言葉の響きよりも奇妙だったのは、本当にそうだ、と自覚していたことだった。

2　感謝祭

思う存分悲しみに暮れた翌日、感謝祭を祝うため、ポーラと一緒に僕の両親を訪ねた。運命を決める診断結果とはこんなにもすべてを変えてしまうのか。

　脳腫瘍と診断されるまでは毎年、感謝祭の来るのが待ち遠しくてしかたがなかった。僕の一番好きな祝日で、母がとっておきの銀食器やファイン・ボーン・チャイナの食器、それに指ではじくときれいに響くクリスタルの脚付きグラスを引っ張り出してくる唯一の日だ。

　毎年、家族全員（父、母、ジャックと妻のタル、ジャック夫妻の二人の息子エマニュエルとノア、長兄のモリスと妻のミシェル、モリス夫妻の二人の息子ジャックとザック）が勢揃いし、近親者も集合する。総勢20〜35人が座るために、ダイニングルームからリビングルームまで、折りたたみ式のテーブルをいっぱいに伸ばすほど賑やかな宴は、いつも最高の時間だった。夕方5時頃になると、ちらほらと人が集まり始め、みんながお互いの近況を語り合いながら夕食前のひとときを過ごす間、僕とジャックはバーテンダー役を務める。7時頃になると、軽自動車かと思うほど大きなターキーと付け合わせがテーブルに並び、メインイベントのディナーが始まる。

両親の住むペンブローク・パインズは、パステルカラーの家が建ち並ぶ住宅地で、マイアミから車で約40分のところにあった。仮免許を持っていたポーラは、いつもなら車の運転をしなくて済むなら何でもすると口にしていたが、今回ばかりは運転を買って出てくれてありがたかった。

両親にがんを告白するときには、凜とした態度で話そうとすでに決心はついていたものの、一体どうやって話したものかとてつもなく不安で、心の準備が必要だったからだ。母の嘆き悲しむ姿は想像できたが、母にとって年に一度の特別な日を台無しにすることだけはどうしても避けたかった。


僕とポーラが着くと、すでにジャック一家の姿があった。ニューヨークから飛行機に乗って、2時間ほど前に到着したのだという。みんなとリビングルームで雑談を交わしながら、両親に脳腫瘍のことを告白するなら今だ、と思った。他の客人たちが姿を見せるまでにはまだ数時間あったので、母たちが落ち着きを取り戻せる時間の余裕もありそうだった。

家族にどう見られるかを過剰に気にしていた僕は、自信を持てと自分に言い聞かせた。椅子にゆったりと構えて脚を組む。腕組みは厳禁だ。リラックスした表情を浮かべよう。

両親はちょうど正面の二人掛けソファに腰を下ろした（47回目の結婚記念日を目前に控えてもなお、寄り添って座っていた）。

「ええと、ダムスキー先生にMRI検査の結果を教えてもらったよ」

まるで地元の天気予報を伝えようとでもするように、何気ない口調で切り出した。母の表情が凍る。タルはこれから深刻な話が始まると感じ取ったのか、それともすでにジャックから事情を聞いていたのか、すっと立ち上がると別の部屋にいた息子たちをリビングルームに呼びに行った。はじめは脳腫瘍の話を理解するには、まだ11歳と8歳の甥たちは幼すぎるのではないかと不安だった。けれどそれと同時に、甥たちが目の前にいることで、平静を保ってみんなを安心させようという気持ちがより強くなった。

「それで、お医者様はなんて言ったの？」母が言う。

不安に怯えたその目を見ながら泣いてしまいたい衝動に駆られたが、それでは逆効果になってしまう。そこで医学用語を並べながら、ダムスキー医師の言葉をそっくりそのまま繰り返した。「グリオブラストーマ（GBM／多形性膠芽腫）は、発生頻度および進行度の最も高い悪性原発性脳腫瘍で、ヒトの脳内にあるグリア細胞に関与しており、機能的な脳組織に発生する脳腫瘍全体の52％、また頭蓋内腫瘍全体の20％を占める。GBMの発生率は、脳腫瘍の症例10万例のうち2～3例と稀である。治療法には、化学療法、放射線療法、外科手術がある」と、検査結果を聞いた後、ウィキペディアで検索したのを思い出しながら。

けれど両親たちには、最後の一部分は伝えなかった。

「平均生存期間は、治療を行った場合15カ月。治療を行わなかった場合は4ヵ月半」話し終えた途端、母はわっと泣き崩れた。身動きが取れなくなってしまうほどの痛々しい悲しみだった。気が動転した母の姿に僕も動揺し、胸が張り裂けそうだった。「母さん、僕は母さんのことを愛してる。ただ落ち着いてほしい。僕なら大丈夫だよ。きっと全部うまくいくから」僕は力づけるように言った。

「どういうことなの?」

母は取り乱しながらも、言葉を絞り出すように言った。ポーラに助け船を期待し隣に座っていた彼女のほうを見たが、ポーラは何も言えずにいた。そこで、ダムスキー医師のように実演してみせようと両手で握り拳を作った。

「これが人間の脳の大きさで……」それから左手を開き「この手が僕の健康な脳だとすると、腫瘍がどんどん大きくなっているせいで、この健康な脳が頭蓋骨に押しつけられている状態なんだ」と右手の拳をかかげた。

すると11歳になる甥のエマニュエルが、「どうやってできたの?」と言った。いい質問だ。「僕にもわからないんだよ」エマニュエルに向かって正直に答えた。「こういう病気になる人もいるってことだ。珍しい病気でね、かかるのは赤ちゃんかお年寄りってことがほとんどらしいんだ。叔父さんみたいな人がかかったのは、かえって良かったのかもしれないな。

腫瘍以外は元気だし、体力もあるから、病気をやっつけられると思うんだ」僕自身にも説得力のある言葉だった。

芸術家でとても繊細な父は、絵画でなら気持ちを見事に表現できるのだが、会話となると、言葉の足りないことが多かった。そして僕の話を否定することで、この悪い知らせに対処しようとしていた。「そうか」と漸く口を開くと、とても父らしい簡潔さで、「お前ならできる。きっと大丈夫だ」とだけ言った。それを聞いて思った。やるべきことはやった。

それから父は話題を変えると、てんかんを患っている友人の話（少なくとも僕はてんかん持ちでないのだから、まだ運が良かったという話）を始め、その場にいた僕たちは「腫瘍」という言葉に不意打ちを食らう前に気分を戻して、当たり障りのない世間話を続けた。

しばらくすると、おじ、おば、従兄弟、家族ぐるみの友人らが三々五々到着し、僕は普段どおりの「お気楽で楽しむことの大好きなダヴィード」を演じきろうとした。僕の知る限りでは腫瘍のことを知る人は他にいなかったし、演じていればその日だけでも現実を忘れられるような気がしていたのだ。でもその考えは甘かったようだ。ジャックと一緒にカクテルを作ったり、ワインを注いだりしていると、従兄弟のダニーがゆっくりとこちらに近づいてきて、言った。

「病気のこと、聞いたよ」

僕は呼吸を落ち着かせると、両親のために練習していたセリフを口にした。

「うん、そうなんだよ。まあ何て言うか、頭の中を調べてもらってるんだ」

「がん、なのかい？」

ふうっとため息をついてから、いつもどおりの口調を保ったまま答えた。「まだ生検も受けていないから、今のところは何とも言えないんだ」

つまりダニーの言葉をどうにか遮ろうとしていたのだが、彼は引き下がらなかった。

「どんな種類のがんなの？」

その前夜、ダムスキー医師から渡された資料を読んでいたのだが、専門的すぎて自分も最初は理解できなかった内容をそのまま復唱して聞かせることにした。

「グリオブラストーマっていう腫瘍でね、大きさは直径43ミリらしい」

ダニーがぽかんとした顔になったので、言い方を変えてみることにした。

「右の側頭葉にゴルフボール大の腫瘍があるんだ」

「具合はどう？」

そのときどうして自暴自棄な気持ちになったのか、自分でも説明がつかない。けれどそれまで押し殺していた感情が堰を切ったように溢れだした。ダニーに向かって、左半身にうずくような痛みがあり、それから発作にもうんざりしているのだと話して聞かせた。

「少なくとも一日5回は発作が起きるんだ。毎回、電気ショックみたいな痛みが走るんだよ」

そう言ってダニーの顔を見ると、涙で目を潤ませている。

「かわいそうに……それはひどいね。本当に残念だよ」

ダニーは何度もそう繰り返し、僕も残念だと答えた。うっかり気が緩んで、ダニーの感謝祭に水を差してしまったのだから。

その瞬間、心に刻んだ。「ダヴィード、二度と同じことを繰り返すな。周りの人たちにがんのことをおおっぴらに語るなんて情けない。相手が困らない話をするべきだ。どちらにせよ、彼らには何もできないんだから。これからは『元気だよ』と答えるんだ。そうすれば相手も『よかった！　大丈夫なんだ！』と思ってくれるはずだから」

従兄弟の反応を目の当たりにして気づいた。自分の身体の調子について話しすぎると、相手は僕に負担をかけまいと、悩みがあっても相談できなくなってしまうじゃないか。そんなことだけはしたくなかった。病気によって自分が変わってしまうだろうとはわかっていたけれど、一番大切にしている本質、特にプラス思考と相手に共感する心だけは奪われたくなかった。人々を励まし、手を差し伸べるのがそれまでの僕だった。自分を哀れみ誰かに助けを求めるなんて自分らしくなかった。

こうして自覚した役割をそれから6年間、僕は演じ続けることになる。

「調子はどう?」と聞かれたら、「それなりにやってるよ！　大丈夫！　君の調子はどうだい？」と答える。そう振る舞うことに徹し、いつしかそれが本当だと信じるようになっていった。

ディナーが終わって自宅へ帰る時間になり、僕はポーラに帰り道を運転させてほしいと言い張った。愛車のムスタングを運転できる最後のチャンスになるかもしれない。それにハンドルを握れなくなる頃にはポーラが安心して運転できる、不格好な他の車種に買い替えることになるだろう。それまで13年間、食料の買い出しから通院まで、ポーラの送り迎えは僕の担当だった。それが今では、ポーラが運転免許を取ろうかという話をしている。僕はその皮肉を受け流せずにいた。妻は僕を頼ろうとしてももう当てにはならないと気づいていたのだ。彼女が縦列駐車を覚える頃には、おそらく僕はもうこの世にいないのだろう。

自宅に戻ると、時計は午前零時をまわっていた。ポーラはすぐに眠ってしまったが、僕はなかなか寝つけず、次の月曜日から始まる新学期の授業の準備をしようとベッドを抜け出した。

机につくと、まるで稲妻のように突然のパニックに襲われた。そうだ、生徒たちがいたんだ！　生検を受けるためには学校を休まなくてはならないが、これまで欠勤したことなんて一度もなかった。きっと子どもたちは休む理由を知りたがるにちがいない。一体何と説明すればいいんだ。何を言えばいいんだろう。

　その週末は起きている間はずっと、生徒たちに話す内容を考え、自分の中でしっくりくるまで予行演習を繰り返した。言うことを何度も何度も書き直し、彼らに伝えたいメッセージが誤解なく伝わるように、鏡に映る自分の表情を確認しながら、幾度も練習を重ねた。そして漸く準備が整った頃、時計の針は月曜の午前零時を指していた。

3　告白

自信と落ち着きをもった足取りで教室に足を踏み入れたとき、もう覚悟は決まっていた。週末中、「脳腫瘍がある」のだと生徒たちに告白する練習を幾度も繰り返しているうちに、小道具を使うことを思いついていた。自分よりも生徒たちのために。つらい現実から生徒たちの気をそらせるだろうと考えたのだ。

ティーンエイジャーは感受性豊かな年頃だ。しかも生徒たちの大半にとって、脳腫瘍という病が身近になる、生まれて初めての経験になるだろう。だからこそ誤解を招かないようにうまく伝える必要があった。怯えさせたり、疎外感を味わわせたりしないように気を配りながら、病気の説明をしなければならない（がんが伝染病だと思っている人の多さには驚いたが）。腫瘍のことを隠し通せるはずはないのだ。たとえ僕に「この先」があったとしても、何が待ち構えているのかは容易に察しがついた。手術、化学療法、赤外線療法で見た目が変われば、治療を受けているとばれるのは時間の問題だ。

何より、生徒たちにはそれまで一度も隠しごとをしたことがなかった。たとえどんなに不安でも、予期せぬ結果を招いたとしても、彼らに真実を伝えることが大切だと一途に信じていた。

それまでの教師生活で実感していたのは、自由に意見を言い合える開かれた環境があれば、偽りの人生では到底味わうことのない解放感が生徒たちの心にプラスの要素をもたらしてくれるということだ。

例えば新しいクラスになるたび、自分自身に正直であることについてディスカッションした後で、クラスメイトに「カミングアウト」する生徒が一人か二人はいたが、その告白が裏目に出たことは一度もなかった。ナイフで自分の身体を切りつけたり、火を押しつけたりしていると告白する子や、つらい悩みを抱える子が気持ちを吐露する姿を幾度となく見守ってきた。自分をさらけ出すことが彼らにとってどんなに難しく、並大抵の勇気ではできないことも僕には十分わかっていた。

僕や他のクラスメイトたちが、自分のすべてを受け入れてくれると知ったときに、彼らの人生に変化が訪れたことも知っている。秘密という重荷から解放された生徒たちは隠れていた実力を発揮するようになり、彼ら本人だけでなくクラスメイトたちも、信頼から尊重が生まれる、という貴重な人生の教訓を得ていた。

僕も生徒たちに、「死」という最も神聖な人生の通過点について分かち合えるほど、彼らを信頼しているのだと知ってほしかった。それにはあの子たちを安心させられるような伝え方が必要だ。僕は自分に言い聞かせた。

「教えていることを実践してみせるなら今だ。あの子たちには事実を知る権利がある。これは僕だけの問題じゃない。みんなを安心させるんだ」

一世一代の告白を少しでも心安くするための小道具は、ドレッドヘアのような帽子をかぶったペンギンのぬいぐるみだ。はっきり覚えていなかったが、生徒からのプレゼントに違いない。週末に自宅でこのぬいぐるみを見つけたときはとにかく嬉しくて、その場の思いつきでウィンズローと名付けた。


月曜日の朝。ポストカードを切り取ったようなアクアブルーの空が美しく晴れ渡っている。一時間目の授業のため、僕はウィンズローを片手に抱いて笑顔を浮かべながら、大股で教室に入った。

「おはよう！　みんな、調子はどう？」

僕はデスクの後ろからスツールを引っ張り出し、その上にウィンズローをちょこんと座らせてから、その右側の少し後ろに立ってこう続けた。

「みんなに報告したいことがあるんだ。机を前に寄せてもらえるかな」

「なに？　どうしたの」とうとう先生がおかしくなった。生徒たちはそう言いたげに互いに顔を見合わせながら、クスクス笑っている。

「メナシェ、今度はどんなゲームをするつもり？」

僕も一緒に笑いながらそれぞれが席に落ち着いたのを見計らって、ウィンズローに向かって、陽気に話しかけた。

「最近、身体の調子が良くないって話はしたよね」ウィンズローが頷く。

「耳がうずくって言ってただろう？　幸いなことに、耳に異常は見当たらなかったんだ！」

僕は腹に力を込めて続けた。「でもいろいろな検査をしたら、脳腫瘍があるって結果が出たんだよ」

顔を上げ、生徒たちの顔を見渡した。さっきまで笑い声が上がっていた教室には重苦しい空気が立ちこめ、全員がしんと静まり返っている。

「腫瘍ってなに？」誰かが口を開いた。

「進行性のがん、なんだ」

ふいに訪れた静寂に全員が混乱していた。この教室にはいつだって勉強に励み、いろいろなことを分かち合う生徒たちの賑やかな声や物音が飛び交っていたはずだ。

「おじさんもがんが見つかって、死んじゃった」そう別の声が上がるとやにわに泣き出した。他の生徒が咄嗟に尋ねる。

「先生、死んじゃうの？」

「いつかはね、でも今すぐってわけじゃない」

生徒たちのショックが手に取るようにわかった。感謝祭のディナーで見た、従兄弟のダニーの反応が頭をよぎる。一刻も早くこの場をとりなさなければ。

「ねえ、みんな。そんなに慌てないで。僕は最高の人生を送ってる！　人は誰だって厄介事を抱えているものだし、これが僕の厄介事ってことなんだ」

それからウィンズローを脇へやって、自分はどこにも行かないし、ましてや簡単に追い払えると思ったら大間違いだ、とみんなに発破をかけた。心の中で真新しいマントラを繰り返しながら。

「心配いらないよ。僕にまかせて」

＊＊＊

私もその授業に出席していました。いつもどおり教室の最前列に座っていると、メナシェ先生がウィンズローを片手に教室に入ってきました。何が始まるのかと不思議に思いましたが、先生はいつもの授業のように話を始めました。すると突然「がん」という言葉が耳に入ったのです。ショックを受けた私は、明日にはもう先生がいなくなってしまうのだと思って泣き出しました。自分が無力でひとりぼっちだと感じたのです。自分だけでなく、メナシェ先生に習うことができなくなる生徒たちのことを考えるとつらかった。

メナシェ先生は人生に一度出会えるか出会えないかという先生です。学校を卒業した後も、教えてくれたことがずっと心に残り続ける、そんな先生なのです。私たち生徒を尊重してくれたし、私たちも先生をとても尊敬していました。だって、授業中に友人と手紙のやり取りをしても構わない、だなんて普通なら言わないでしょう。「僕は英語教師だからね！　生徒に読み書きを勧めるのは当然だろ?」って。でもみんな先生の授業に夢中で、友達に手紙を書いている人はいませんでしたが。先生の一言一句を吸収したい、学びたいと思わせる授業でした。

だから先生がいなくなってしまうなんて、ましてや、それから何年も病に苦しまなければいけないなんて耐えられなかった。どんな言葉をかけるべきなのか、何をすべきなのかわからずに泣くことしかできなかった。そのとき、先生が言ったひと言を私は一生忘れません。

「心配いらないよ。僕にまかせて」

あのとき以上に誰かを誇りに思ったことはありません。教室を出るときは、不安が晴れて、元気を取り戻していました。

——ジゼル・ロドリゲス

コーラル・リーフ高校　２００８年卒業生

4　天職

作家アリス・シーボルドは言った。
「叶った夢は時として、自分が願っていたことすら気づかずにいた夢である」

教師が天職だと自覚したのは、大学生活を半ば過ぎた辺りだ。当時はニューヨークのグリニッジビレッジにあるニュースクール大学（旧ニュースクール・フォー・ソーシャル・リサーチ）傘下のユージーン・ラング・カレッジいう大学で、ジャーナリズムを専攻していた。

ニュースクール大学はプリンストン・レビュー社によって、ディベートやディスカッションの教育では全米一と評され、それは僕の最も得意とする科目だった。書店を営んでいた両親から読書好きの血を受け継いだ僕は、うぬぼれの強い生意気な若造だった。議論をすること以外に唯一好きなのが活字だったこともあり、ゆくゆくは物書きになろうと考えていた。けれどそれほど具体的な将来設計だったわけでもなく、大学のカリキュラムがまださほど進まないうちに、進路を誤ったかもしれないと感じていた。

それでも当時トレンドの最先端だった音楽誌『スピン』での夏期インターンシップには応募することにした。すると編集者のひとりから新譜CDを数枚手渡され、翌日までにレビューを書くようにと指示された。言われたとおりにCDを一枚一枚聴いたのだが、タイプライターを前にすると思考も身体もすっかり固まってしまった。大ファンのレッド・ホット・チリ・ペッパーズの作品をこの僕が批判なんてできるわけがない。間違ったことを書いたらどうする？ バンドから苦情が来たら？ 思い浮かぶ言葉をどうにかつなげながらその晩は徹夜でレビューを書き上げた。

翌朝、なんとか課題を提出した僕は徹夜のせいでずっしりとした痛みを両肩に感じながら、こう自問自答した。「本当にこの仕事がしたいのか」するとはっきりとした声が頭の中に響いた。「冗談じゃない！ こんなストレスが続いたら、22歳まで生きられっこないだろ」

結果、僕はインターンシップの座を手に入れた。同級生には、愛車を売り飛ばしてでも『スピン』でインターンをしたいという人たちもいたけれど、僕にはどうもしっくりこない。これからどうやっていくつもりだ。締め切りに追われる生活には慣れないだろう。筆が進まない、と悶々と机に座り続けるに決まってる。そしてノイローゼにかかって、一生不眠症に悩まされるんだ！ どんなときも楽観的な僕は、大好きな作家ジャック・ケルアックの著書『路上』の一節を思い出していた。

「この先に黄金に輝く大地や、君をあっと言わせ、生きてその目で確かめられることが嬉しくなるような、ありとあらゆる思いがけない出来事が待っているのに、そんなことを考えてどうするんだ」

その直後に僕を待っていた思いがけない出来事とは、両親も僕も次学期の学費を払う金銭的余裕がなく、インターンシップを諦めなければならないことだったが、僕は気にも留めなかった。

自分でも思いも寄らなかった夢に気づいたのはその頃だ。まずは学費を稼ぐために一学期を休学し、ウェイターのバイトを掛け持ちする生活を数カ月続けてから、ニュースクール大学に復学した。学期が半ばにさしかかる頃、懇意にしていた教授から、教員・作家プログラムの受講を勧められたのだ。

ニューヨークの市立校に通う作家志望者が1週間集まるそのプログラムでは、教壇に立つ機会も与えられるという。そしてニューヨーク市北部にある田舎町の学校で小学1年生のクラスを受け持つことになった。

学校に到着すると、敷地の真ん中には凍てついた池があって、マイアミで生まれ育った僕には目を奪われるような光景が広がっていた。初日の授業では教科書を使わずに、ウォルト・ホイットマンの詩集『草の葉』の一篇を児童たちに読んできかせた。ホイットマンの詩を読むといつも、心がいきいきと躍動し、全身に力がみなぎってくるのを感じた。

体育座りをしている6歳の子どもたちに目をやると、感嘆で瞳をきらきらと輝かせている。そして僕が詩を読み終えるのも待ちきれずに、質問をしたいとばかりに元気よく手を挙げた。

「質問は読み終わってからにしよう。それでいいかい？」

「オーケー！」

子どもたちは一斉に答えた。そして読み終えると、再び全員の手が上がった。何人かの質問に答えた後、ひとつアイデアが浮かんだ。

「そうだ、こうしよう。みんなで外に出て、詩を書いてみよう」

僕の提案にみんな大はしゃぎだった。それから子どもたちを集め、親ガモが子ガモを引き連れて歩くように彼らを外に連れ出した。ひとりひとりに黄色いポストイットのメモパッドとクレヨン3本ずつを手渡しながら、ポストイット一枚につきひとつだけ、気づいたことをメモするように伝えた。

何もかも見てやろうとばかりに、そこら中を元気に走りまわる姿を見ながら思った。この子たちはホイットマンのように、自分の周りの物事に無我夢中になっているんだ。子どもたちがそれぞれ書き留めたメモを見てみると、「岩」「葉っぱ」「足あと」「スノーフレーク（雪の結晶）」という言葉が連なっていた。

ふと気づくと、ひとりの子が上唇に鼻水を凍らせて、他にも二人、寒さに身を震わせている子がいる。全員を教室に連れて帰り、めいめいが書き留めたメモを黒板に張り出させ、全員が気に入るまで、メモの順番を入れ替えさせた。

すべてが終わると、一篇の詩が完成していた。子どもたちの学ぶ姿を見つめる僕と同じく、彼らも達成感と喜びに心を躍らせている。決定的だった。もう後には引き返せない。その瞬間にわかった。教師になりたい。

願っていたことすら気づかずにいた夢がまさに叶おうとしていた。

＊＊＊

メナシェ先生は何を勉強すべきかだけでなく、学び方や勉強を好きになる方法を教えてくれた。

——アドリアナ・アンギュロ
コーラル・リーフ高校　２００８年卒業生

5　理想の教師

ポーラとの出会いは、ニュースクール大学時代に同じ哲学のクラスを受講していたことがきっかけだった。授業以外でポーラと話してみたい、と初めて思ったときのことは今でもはっきり覚えている。

その日はゼミのクラスで、僕たちを含めた10～12人の生徒たちは円卓を囲みながら、担当教授から与えられたディスカッションのテーマ、古代ギリシャ哲学者プラトンの『国家』に登場する「洞窟の寓話」について議論することになっていた。「洞窟の寓話」は、プラトンの師ソクラテスとプラトンの兄グラウコンとの架空の会話をベースにしたたとえ話で、人間が現実において物事を認識しそれが真実だと信じるに至る過程を、隠喩を用いながら著している（哲学という学問において無駄なものなどないのだ）。

ゼミの参加者にはディスカッションのために前もって読んでおくよう課題が出されていた。けれど教授が意見や感想を僕たちに求めるやいなや、場当たりな返答ばかりが並び、全員が課題を怠ったのは一目瞭然だった。ただひとり、ポーラを除いては。しかもポーラは課題を読み終えただけでなく、詳細を調べて分析し、説得力のある議論や質問を準備した臨戦態勢でゼミに出席していた。彼女には読むだけでは物足りなかったのだ。プラトンの理論を本当に理解したいと思っているんだ。その瞬間、僕はポーラに夢中になった。

放課後、勇気を振り絞ってポーラに声をかけた。友人たちとイーストビレッジにあるバーに行くことを話し、誘ってみたのだ。するとポーラは何のためらいもなく誘いに応じ、その晩は最高の夜になった。

夜が更けてくると、友人のグレッグが少し身をかがませるように僕に近づき、ポーラと「くっつけばいいのに」と耳打ちした。それを聞いて微笑んだ彼女の笑顔を見ながら思った。少しくらいは好かれているようだし、脈はあるかもしれない。

楽しい気分のままバーを後にし、僕はポーラの住む学生寮まで彼女を送っていくことにした。でも二人ともまだ別れがたく、もう少し話していたかったので、道すがらユニオン・スクエア・パークに立ち寄った。ゆっくりと園内を散歩し、ジェイムズ・ファウンテンという噴水の横で、初めてのキスをした。

それからまもなく僕とポーラは一緒に暮らし始め、僕はガールフレンドを「ギーク（オタクの意）」と誇らしげに呼んだ。

ポーラも僕と同様に、教員・作家プログラムを受講したことがきっかけで教師になりたいと考えていた。そしてニュースクール大学卒業まであと2学期を残し、僕たちは教員免許を取得できる大学への編入を決意した。

編入先に選んだのは僕の故郷マイアミにある大学だった。引っ越した最初の1カ月間は僕の両親の家に厄介になり、その後ノース・マイアミ・ビーチに部屋を借りた。

バーモント州出身のポーラの地元は青々とした木々が茂り、住宅地はまばらで、犯罪はゼロと言ってもいいほどのどかな街だ。それがアスファルトのジャングルにある窮屈なアパートで、近所で銃声を耳にするのも日常茶飯事という生活を送ることになるとは。自分たちで家賃を賄える部屋はそれがやっとだったのだ。

けれど、編入先のフロリダ国際大学での授業が始まると、近所の治安を心配する暇もなくなった。二人ともレストランでのアルバイトと学業に追われ、ほとんど家を留守にしていたからだ。教職課程はとても厳しかったが、共に成績優秀だった。

その頃は何をするにもワクワクしていた。僕もポーラも、多くの人たちが「現実社会」に一度足を踏み入れると失ってしまう、理想主義のようなものをまだ持ち合わせていて、その理想を絶対に手放してなるものかと思っていた。

そして2つの学期が終了し、教職課程は大詰めを迎えた。残りの単位さえ取得すればあとは教育実習のみだったが、その前に僕は自分の問題発言が発端で苦い教訓を得ることになる。

最後に単位が必要だったのは「クラスルーム・マネジメント・スキル」という講義だ。基本的には生徒たちに自律を促す教育法を学ぶクラスで、ポーラも一緒に受講していた。担当教授と僕の関係はまるで水と油で、まさに厳格な教育者だった彼女は、生徒たちに規則を守らせるために教師は確固たる権限を行使すべきだ、という考えを持論にしていた。ある日の授業では、「(新学期が始まって) クリスマスが近づくまで生徒の前で笑顔を見せてはいけません」という言葉すら出たほどだ。

「最初から甘い顔を見せてしまうと、主導権を握ることはできません」

なんだって? 確かに当時の僕はまだ一介の学生だったが、そんなに厳しい教育方針で大きな成果が出せるとは到底思えず (まず、僕という生徒に効果がないことは確実だったし)、自分の意見を教授に面と向かって言ってしまったのだ。

あの頃の僕は自分の発言の影響を考えずに物を言いがちで、どんな展開になったのかは察してもらえるかと思う。今でこそわかるが、問題だったのは反論したことよりも態度だった。

言うまでもなく教授は激怒し、声を荒げて言った。

「あなたは自分がすべての人から常に愛される人間だと何をもって言えるのですか」

その言葉を耳にしてすぐに気づいた。目的は手段を正当化するというマキャヴェリズムの思想だ。イタリアの思想家マキャヴェリは教え子だった大公に、他者の愛情を意のままに操ることはできない、と説いた。大公を愛するか否かの選択は常に人民次第だが、怖れられるか否かを決めるのは大公自身だ、と。自分はそんな教師になるなんてまっぴらごめんだ。僕は言い返した。

「いいえ、そうは言っていません。ですが、生徒に尊敬してもらうことは可能だと思っています。授業の内容を把握し準備を怠らないこと、そして生徒たちへの思いやりを持ってこちらのベストを尽くせば、彼らも敬意を見せてくれるはずです。そして敬意が生まれたら、そこから好意を持つようになってもらえれば」

僕の反論に賛同するようにクラスメイト数人の拍手する音が聞こえた。しかし自らの力説を自画自賛しようとしたのも束の間、拍手はすぐにぴたりと止み、教授の座っていた椅子が壁にぶつかる音が教室中に響き渡った。教授は怒りで色が今にも茶色から青色に変わりそうな、鋭い目でこちらをきっとにらみつけるとドアを指さして言った。

「出て行きなさい!」

「やらかしたな、メナシェ」心の中でそうつぶやきながら、情けなさでずっしりと重くなった腰を上げて教室を退散した。その講義さえ無事に終えれば、教育実習、卒業、就職と順調に進めたはずなのに、最終評価でまさかの「除名」を食らうなんて。その経験から学んだ教訓はこれだ。

「教師の意見には必ず賛同すること」(冗談だが)。

他に行く当てもなく焦った僕は、師事していた教授で英語教育学部長だったゲイル・グレッグ教授の元を訪ねた。僕に教師としての大きな可能性を見いだしてくれた教授は、僕を気の毒に思いジレンマから脱する方法を提案してくれた。教授の指導の下で、与えられたテーマについて自主学習するというものだ。そして単位取得のための期末課題として、落第や非行の恐れがある子どもたちを対象とする読書カリキュラムを作成することになった。教授の恩に報いようと課題に懸命に取り組み、最終評価では「A」をとった。何度も礼を述べると教授は、感謝の言葉など不要だと言って続けた。僕が一生忘れられない言葉だ。

「ほら、早く社会に出て、いい先生になりなさい」

そして教育実習の時期になると、実習の指導担当でもあったグレッグ教授によって、僕とポーラはコーラル・ゲーブルズ高校に配属が決まった。ところが実習が始まってから数日後、高3の英語クラスで僕の指導教員となってくれるはずだった女性教師が、娘が自殺を図るというむごい悲劇に見舞われ、教えるどころではなくなってしまった。取り残された僕は自力で何とかしなければならなかった。

生徒たちは僕には何の権限もないことを知っている。それでも授業初日から、生徒たちを対等だと思って語りかけ、先生は大変な思いをしているのだと思いやりを込めて正直に話した。

「僕みたいな実習生を押しつけられて、君たちには申し訳ないと思ってる。何を教えられるのかはわからないけど、精一杯努力するって約束するよ」

授業では、エィミ・タンの『キッチン・ゴッズ・ワイフ』を読み進めている途中だった。一度も読んだことがなかった僕は尋ねた。「みんな、この本はどう?」すると、肩をすくめる子や呆れたようにこちらを見る子、それに少なくともひとり、あくびをする姿が目に入った。「まずいな」心の中でつぶやきながら授業概要のページをめくると、次の課題はチョーサーの『カンタベリー物語』とある。僕はクラスに向かって言った。

「次の課題は『カンタベリー物語』だけど、高校時代に読んだときにすごく気に入ったんだよ。エィミ・タンはひとまず置いて、チョーサーに進むなんてのはどうだろう。『キッチン・ゴッズ・ワイフ』を最後まで読み終えたい人には追加単位をあげるよ」

するとみんなの瞳がぱっと輝いた。中には笑顔すら見せている子もいる。

「『カンタベリー物語』を読むのは高校以来なんだ。だから広い心を持って僕の授業を受けてほしい。僕も全力を出し切るから」

その日は帰宅してから『カンタベリー物語』を隅から隅まで読み、クラス全員の名前を覚えた。生徒たちとの約束を守ることで彼らを尊重しているのだと行動で示したかったのだ。僕自身も彼らに敬意を払ってもらいたかったし、僕を授業から追い出したあの教授が何と言おうと、自らの教師としての直感が間違っていないことを自分自身に証明したかった。

翌日のクラスの雰囲気はまるで違っていた。前日にはよそよそしく素っ気ない態度だった生徒たちは、チョーサーの作品について議論を交わしながら、文章の書き方についてだけでなく、僕個人についても質問するようになっていた。僕自身としてはもちろんまだまだ学ぶべきことだらけなのは百も承知だった。でもその日、自分が教師として発揮できる力は、教職という立場に付随するものではなく、生徒たちから与えられるものなのだと悟った。

そのままずっと実習を続けていたかった。生徒たちが大好きになり、彼らの学習成果に大きな喜びを見いだしていた。とにかくまずは就職先を探さなければならない。ところが僕が探すまでもなく就職先がこちらを見つけてくれた。学年度末になると別の英語教員から声をかけられたのだ。

彼女の話では、マイアミ市内で秋に開校予定のマグネット・スクールで学部長を務めるそうで、僕を英語教師として迎えたいとのことだった。ポーラはすでにマイアミ・コーラル・パーク高校で、歴史の常勤講師として就職が決まっている。そして僕は24歳で自らの運命を決定づける就職先を決めた。
それはコーラル・リーフ高校という学校だった。

＊＊＊

僕にとってメナシェ先生の授業は、自分の世界観や考えを安心して言葉にできる場所だった。「君たちはもう子どもじゃない。だから僕も子ども扱いはしない」それが教室に入ってきた先生の第一声だ。教師だから生徒に尊敬されて当たり前にはならない、そんな先生の考え方が大好きだった。

メナシェ先生が元教え子たちに今も昔も尊敬され続けるのは、先生が僕たちに敬意、愛情、寛大さを見せてくれたからだ。自分が学び、見上げる存在だと感じる教師とそんな絆を持てば、いつだってベストを尽くしたいという気持ちになるものだ。

——ジェレル・タイロン
コーラル・リーフ高校　２０１０年卒業生

6　最年少

コーラル・リーフ高校での初日を迎えた朝、僕はクローゼットの中を引っかき回しながら、教師らしく見える洋服を探していた。と言っても選択肢はわずかだ。最後に洋服を買った場所はロックコンサートの物販ブースだったかもしれない。

手を貸そうとしてくれるポーラに「これは？」と、一番状態の良かったリーバイスのジーンズ（洗濯済み）を見せると、「うーん、ダメ」と言われてしまった。おそらく高校時代から持っているだろうペイズリー柄のシャツを引っ張り出して「これは？」と聞くと、「うらん」とこれまたダメ出し。そして結局落ち着いたのは、色の濃いカーキパンツとアイロンをかけ立てのアーミーグリーン色の長袖ボタンダウンシャツに、茶色のドクターマーチンだった。しかし何か物足りない。そうだ、ネクタイだ。持っていたのは一本だけだった。学生時代に「ステーキ&エール」というレストランで、ウェイターのアルバイトをしていたときに着けていたネクタイだ。よし、見つけた。ベージュとグリーンの幾何学模様をしたデザインで、それほど細すぎないし許容範囲だ。ニューヨークに住んでいた頃、イーストビレッジの14番ストリートの露店で、5ドルで売られていたのを3ドルに値切って手に入れた代物だ。完璧なコーディネートとまではいかないが、なかなかいい線はいっている。ポーラにネクタイを締めてもらい、準備が整った。そして鏡の中の自分に向かって言った。
「僕は教師だ!」早く学校に行きたくて仕方がなかった。

その2週間前、自分の教室の下見に行っていた。本当に素晴らしい教室だった。塗装したばかりの壁、ピカピカの真新しい机、それに床から天井まである大きな窓の外には青々とした中庭が広がり、ヤシの木やスクールカラーのティール、シルバー、ブラックの三色で塗装したピクニックテーブルが見える。教室の壁にシェイクスピアのポスターを2枚ほど貼って、残りの装飾は生徒たちの好きなように飾ってもらうことにした。この教室を「自分たちの教室」だと感じてほしかったのだ。

同僚となる先生たちと初顔合わせをしたのもちょうどその頃だ。ビスケイン湾を臨む「ラスティ・ペリカン」というレストランで開かれた懇親会で、夏の終わりの美しい夜を満喫しながら、僕は湾の向こう側にある「ハード・ロック・カフェ」に視線をうつした。ここ数カ月間、家賃を稼ぐためにウェイターをしている場所だ。その晩は懇親会に出席するために休みをとっていた。いつもならナイフやフォークをナプキンで包んでいる時間だな、海を眺めながら思った。けれど、もうじき夢が叶う。もうすぐ教師になるんだ。

僕は同僚たちの中で最年少だった。「うわ、みんな大人だ」教員仲間と挨拶を交わしながらそう思ってからはたと納得した。自分も今では立派な社会人なんだ。新しい学校での教職には全米各地から応募が殺到したという。その中から選ばれた教員たちはマイアミ随一の「ドリームチーム」だった。僕はまだ20代前半だというのにどういうわけか、その名誉にふさわしいと認めてもらえたのだ。

自分の立場にすっかり有頂天になっていると、新しい同僚のひとりがこちらにすたすたとやって来て、キビキビとした口調で自己紹介をしてくれた。「あら」彼女は僕の頭のてっぺんからつま先まで視線を移しつつ、ふさふさとした黒髪や足元のふぞろいの靴紐をじっと眺めて言った。「あなた、新人なのね」

そして登校初日の朝、洋服を選びながらそのときのことを思い出していたというわけだ。年相応に見られるよう毎日ネクタイを着けて、髭を伸ばすことにしよう。僕としては同僚たちにうまく溶け込むためにも、見た目から入る必要があった。

「うまくいくまでは、うまくいってるフリをしろ。そのうち本当にうまくいく」自分にそう言い聞かせた。

同僚に好印象を持ってもらいたいという気持ちは山々だが、やはり一番大切なのは子どもたちだ。彼らとの出会いが心から待ち遠しかった。作家であり学者でもあったウィリアム・アーサー・ワードはかつて言った。

「凡庸な教師はただしゃべる。良い教師は説明する。優れた教師は自らやってみせる。偉大な教師は学びの心に火を点ける」

僕も生徒たちが初めて出会うような偉大な教師になりたい。

＊＊＊

私はコーラル・リーフ高校が開校した初日に、メナシェ先生が最初に担当したクラスの一限目の授業に出席していました。初日から、先生のクラスではきっと特別な体験ができるだろうと、わかっていました。メナシェ先生はとても親しみやすくて、授業の講師というより、物語を伝える語り部でした。自らの人生経験を生徒たちと分かち合いながら、学ばせるすべを知っていたのだと思います。授業ではみんなでディスカッションをすることもありました。先生の教室で授業を受けながら、文学や詩や言葉の世界に浸れる大切な時間はこれ以上にはないと感じていました。

授業では、E・E・カミングス、ウォルト・ホイットマン、それにトゥパック・シャクールの詩を学びました。そう、あの2パック［米国人ラッパーおよび俳優。1996年に銃弾に倒れる。享年25歳］です。メナシェ先生は2パックの作品を集めた『コンクリートに咲いたバラ』という詩集を紹介してくれました（「コンクリートに咲いたバラよ、生きながらえてくれ。他の誰もが気に留めなくなっても」）。まさに目が覚めるような経験でした。詩というものが私たちひとりひとりの内面やありとあらゆる場所に存在するのだと、そのとき初めて知ったのです。

当時を振り返ると、メナシェ先生は確かに新米教師だったのかもしれません。でも闇雲に授業をしていると感じたことは一度もありませんでした。メナシェ先生は初日から、どんな複雑なことも私たち全員が理解できる方法を見せてくれました。学業面や個人的な物事について、先生が私たちにどれだけの自信を与えてくれたのか、先生本人は自覚していたのだろうかと考えることがあります。先生はただ教えるだけでなく、私たちにインスピレーションを与えてくれたのですから。

――アイシャ・バーベル
コーラル・リーフ高校　２００１年卒業生

7　名前の由来

教室の装飾に最後の仕上げをほどこそうと早めに登校した。飾り気のないナチュラルベージュの壁に自分好みの彩りを添えて、居心地のいい空間を作りたかったのだ。そして自宅から持ってきたお気に入りの本を作り付けの本棚に並べて、好きなアメリカ人作家の写真を集めた手作りのコラージュをデスクの後ろに飾った。

何時間もかけて作ったコラージュには、ウォルト・ホイットマン、ルイーザ・メイ・オルコット、エミリー・ディキンソン、フレデリック・ダグラス、ジェイムズ・ボールドウィン、ハリエット・ビーチャー・ストウ、（しかめ面をした）エドガー・アラン・ポー、そして言わずもがなアーネスト・ヘミングウェイの写真が並んでいる。最後の画びょうを壁に刺し終え、学校創立のスタッフ就任ミーティングに出席するために校長室へ急いだ。

校長室内では、フロリダ州きっての優秀生たちの人気を一手に集める新設校開校への期待に、みんな興奮を隠しきれない様子でざわざわと談笑を楽しんでいる。周囲を見回しながら思った。

「今日は人生最高の日だ！」

ミーティングの最後には各教員に、１クラス１枚ずつ全生徒の氏名が記されたプリントが配られた。それから教室に向かおうと、光沢のあるリノリウム製の長くて狭い廊下をコツコツと足音を響かせながら、生徒名簿のページをパラパラとめくっていると、ふいに浮き足立つような気持ちになった。緊張でまごついているのが自分でもわかる。それまではまるで出産を控えた親がまだ見ぬ我が子の姿を想像しながらその誕生を心待ちにするように、生徒たちの姿を思い描くだけだった。今その生徒たちは実在し、名前もあるのだ。「これが僕の子どもたちだ！」

それから教室に戻りホワイトボードに黒いペンで大きく、「上級英語クラスにようこそ！ダヴィード・ジョエル・メナシェ」と書いた。生徒たちはあと１時間足らずで登校してくる。僕は自己紹介の練習を始めた。

「みんな、おはよう！　コーラル・リーフ高校へようこそ！　僕はメナシェ。ダヴィード・ジョエル・メナシェだ。耳慣れない名前だよね。スペルは〝Ｄａｖｉｄ〟だけど、発音は『ダヴィード』なんだ。父親はエジプト・カイロ出身で、母親はシベリア生まれ。〝Ｄａｖｉｄ〟を『ダヴィード』と発音しないのは、英語圏の国だけなんだよ。例えばイタリアの芸術家ミケランジェロが、ルネサンス期に作成した彫刻Ｄａｖｉｄは、『ダヴィード』と発音するんだ」

生まれてからずっと、母や家族全員に呼ばれているこの名前の発音の真相を知ったのは、初出勤日から数年後、もっと正確に言えば昨年の夏に家族でメキシコのコズメルへ向かうクルーズ旅行の計画を立てていたときだ。両親の家でダイニングテーブルを囲みながら、パスポートの期限を確かめ、出発直前の詳細を確認しながら、何とはなしに訊いた。

「どうして僕の名前は『ダヴィード』っていうんだい？」

出し抜けの質問だったのか、母を含むテーブルに着いていた全員がどっと笑い出した。

「何だよ？」僕はそう言ってみんなの顔を見回した。

すると長兄のモリスは腹をよじらせながら、こんな裏話を語ってくれた。僕の名前を決めたのはモリスだった。我が家の長男で11歳になっていたこともあり、両親が名付け親になることを許したのだそうだ。そこでモリスは、大好きだったTVドラマ『パートリッジ・ファミリー』に出演していた俳優デヴィッド・キャシディにちなんで、僕を〝David〟と名付けたのだという。母はアクセントが強く、〝David〟を発音すると「ダヴィード」と聞こえた。だから当然やっと自分の名前が言えるようになった頃には、僕も母と同じく「ダヴィード」と発音していたわけだ。その発音がそのまま家族内に定着して、全員が暗黙の了解で僕を「ダヴィード」と呼ぶようになっていたのだ。

それから40年近くが過ぎて、僕を「デヴィッド」と呼ぶ人たちの間違いを数え切れないほど訂正し、初対面の生徒たちにこの発音を何百回となく教えてきた後に知ったのは、自分の名前にはロマンのかけらもないということだった。ミケランジェロの最高傑作と仲間だなんてもう言えるはずもない。この名の由来はなにせ『パートリッジ・ファミリー』の人気役者なんだから。

8　初日

教室に一番乗りした生徒はなんと酒に酔っていた。僕はちょうど自己紹介の練習を終えたばかりだった。

「調子はどう？」

彼はそう言いながら、最前列の席にどっかと腰を下ろした。ベタついた長髪に、オジー・オズボーンの黒いコンサートTシャツとダボついたジーンズ姿で、ベルトループに繋げたチェーンから財布をぶら下げて、手首にはスタッズの付いたブレスレットを着けている。

前を横切ったときの酒臭さにあやうくこちらまで酔いそうになり、最初はその様子にただ面食らうばかりだった。一時間目のクラス、つまりモーニングコーヒーにもまだ少し早いこんな朝っぱらから酒を呑んでるのか。しかも時計はまだ8時すら指していない。

僕は酩酊状態の15歳の少年をまじまじと見つめた。おまけにまたどうしてわざわざ僕の近くの席を陣取るんだ？　コソコソと教室の後ろの席に座るものだとばかり思っていた。

「いや、メナシェ、これは君の空想じゃない。この子は間違いなく泥酔してる。これが夢にまで見た憧れの職場だ。初出勤日おめでとう！」自分にそう言い聞かせるしかなかった。

僕は少年に歩み寄り、自己紹介をした。「やあ！　僕の名前はメナシェ。君は？」（これが僕の自己紹介の定番だった。生徒の多くはそれに気づき、僕を姓で呼ぶようになった）

「俺はアーロン・ロウクリフ」とろんとした目でにんまり笑いながら、「よろしく」と続けた。

「こちらこそ。ところでアルコールの匂いがプンプンするね。酒を呑んでたのかい？」そう言って彼の顔をのぞき込むと、彼と同い年だった頃の自分の一面が一瞬脳裡に浮かんだ。

僕の十代は、反抗的で無鉄砲、基本的に不機嫌で、危険ばかりを冒し、規則を破り、両親や権威と名のつく人たちすべてに反発していた。それからまだそう長くは経っていなかったのだ。

15歳の頃は、ハードコア・スケート・パンク・シーンに夢中になり、ファッションスタイルも影響を受けていた。いつも破れたジーンズを履いて、左眉と背中に垂らした細い三つ編みだけを残して頭をそり上げていた。父から坊主頭のことでぶつくさ文句を言われ続ける僕を見かねたのか、母がどうしたら普通の髪型に戻すのかと訊いてきた。「タトゥー！」僕は即答した。

あの年頃は本当にきつかった。身体は大人の男性に成長し続けていても、中身はまだまだ子どもだったのだ。体内を駆け巡るホルモンに翻弄されて、さっきまで大騒ぎしていたかと思えば、その1分後にはくよくよと考え込むこともあった。自分の本心を理解してもらえず、周りからの関心を何よりも必要としていた。つまり注目の的になるのに、パンク系のヘアスタイルとタトゥー（または泥酔状態で登校すること）に勝るものなんてあるはずがない。とは言ったものの、母がタトゥーを入れることに賛成してくれる可能性は、当時通っていた高校で一番人気だったダニエル・グリーンバーグという女の子にキスできる可能性と同じくらい薄いだろうと考えていた。

それがどうなったと思う？　母は僕を車に乗せると、ダウンタウンにあるタトゥースタジオに向かったのだ。そしてスタジオに到着するまでの間、タトゥー以外に欲しいものはないのか、と何度も尋ねてきた。「アクアリウムなんてどう？」僕が魚や水生生物が好きなのを知っていた母は幾度かそう繰り返した。ちらっと考えたが、友達の気を引くならデカい水槽に入った2匹の魚より断然タトゥーだろ、と思い直した。「いや、いらない。でもまあ、ありがとう」

いよいよタトゥースタジオに到着し、店内をうろつきながら壁に飾られたタトゥーのデザインを眺めていると、背部でうめき声が聞こえた。くるりと振り返ると、がっしりとした大柄のバイカー男が首にタトゥーを入れている最中だった。胸のあたりは血とタトゥーのインクまみれで、激痛に悶え苦しんでいるようだ。僕はすぐさま母に向き直って言った。「で、アクアリウム用の魚は何匹買ってくれるんだっけ？」

その後の2年間もまだ両親の心配は尽きなかったと思うが、高校卒業直後には実家を出て、兄のジャックと同居することになった。当時25歳だったジャックは3人のルームメイトとニューヨークで自由奔放な生活を送っていた。比喩的にも文化的にも、ジャックの住む世界は僕たち兄弟が生まれ育った南フロリダでの単調な生活とはまるっきり別世界だった。兄たちの部屋はブルックリンにあるドライクリーニング屋の2階にあった。

かくして僕は、区画整備された芝生と広く開放的なハイウェイという直線に囲まれた住宅地から、本やレコードが部屋中に散らばり、高層ビルに遮られて日光も入らないような安アパートに住むことになった。それでも、バンドで音楽活動をする人、油絵を描く人、楽しみのために哲学書を読む人といった新進気鋭のアーティストたちが生息する大都会での生活はこのうえないほどに楽しかった。ジャックとルームメイトたちは家賃を稼ぐため、書店でしがない職に就いていたが、みんな若くて情熱的で、知的好奇心にかき立てられていた。彼らの側にいるのが何よりも好きだった。

僕はと言えば自分の生活費を稼ぐため、ウエストビレッジの「ナディーンズ」というレストランでウェイターのバイトを始めた。

ジャックは僕に期待を寄せていた。何かと物事を仕切るのは明らかに兄の役目で、いつも敬意を持って接してくれる兄を失望させたくなかった。ジャックは僕にとって最良の師だった。自分の好きな本だと言って、『路上』から『のろまたちの連盟（未邦訳）』（原題 A

Confederacy of Dunces）までありとあらゆる書籍を紹介してくれた。

文学や執筆を愛する心に火を点けてくれたのもジャックだ。もちろん両親は僕を育てるために最善の努力を尽くしてくれたが、10代の自己破滅的な行動から距離を置き、教養や学びを自分の中に取り込むすべを教え導いてくれたのはジャックだった。兄が僕にそうあってくれたように、僕も生徒たちの心の支えになりたかった。

そして、アーロンにもう一度尋ねた。

「アーロン、酒を呑んでたのかい？」

「えっと、ああ、まあね」

「あのさ、君が酔ってることは僕みたいにだまされやすい教師にですらわかるんだ。それなのに、どうやって警察や校長先生をかわすつもりだったんだい。君が自分自身にそんなことをしているのは気の毒だと思うが、もう二度とこんな状態で教室に来ちゃいけない」

高校時代の僕でも酒に酔って登校したことはさすがに一度もなかった。ランチタイムには外出許可が出ていたので、車を持っている友達と校外に出て酒を呑むことはあったが、一旦家に帰って必ず酔いを覚ましていた。でもアーロンはまだ早朝だというのにもう酔っ払ってしまっている。こんな時間帯にパーティーを開いている連中などいるのだろうか。

僕はアーロンのことが気掛かりだった。初仕事の初日で、何をどうすればいいかもわからず、もう自分の直感を信じるしかなかった。そして直感はこう伝えてきた。校長室送りにしたり、今回の過ちを報告書にまとめたりすれば、アーロンが一層孤立してしまうだろう、と。アーロンと親しくなり、彼の行動を見守りたいと思った。彼は頼れる相手を必要としている。

　初日を無事に終えたその晩、自宅で今後について考えた。アーロンが誰かの関心を切に求めているのはわかる。だから好意を持っていろいろと心を配ることにしよう、でもそれが相応しいと思える場合に限ろう。子どもたちは甘やかされる場合とは対照的に、こちらが誠心誠意を込めればその真意を理解するものだ。もしアーロンが授業のディスカッション中にクラスメイトに影響を与えるような興味深い発言をしたり、特に優秀なエッセイを書いたりすることがあれば、迷わず称賛を送ろう。誰かのライブで買ったTシャツをアーロンが着ていて気に入ったら、それ、かっこいいね、と伝えよう。そしてクラスメイト全員が彼の発言に耳を傾ける環境を作ることだ。

　この仕事で何かを成し遂げたいのなら、形にとらわれない自由な発想で、生徒たちの学習意欲を高めるすべを僕が示さなければならない。教師としての成功を決めるのは給料の額でもなければ、生徒たちの出席率を100パーセントにすることでもない。僕が精一杯努力していることを生徒たちに知ってもらい、自分も同じくらい頑張ろうと思ってもらうことだ。子どもたちには、僕自身が自分に抱いているのと同じくらいの大きな期待を抱いていた。「生徒たちの成長は、教師が掲げる目標次第」とはよく言ったものだ。

その日僕は、高い志を持ち続けようと心に決めた。生徒のために、自らのために。

＊＊＊

あのときの自分が一体何を考えていたのか、わからない。何かバカバカしい理由で、先生の隣に座ってみようと思ったのだと思う。教室に入ると自分は一番乗りで、「学校に来てやったぞ！」という風に生意気な態度をとっていた。先生はこちらに歩み寄りながら、かなり冷静な口調で、酒を呑んでるのか？　と尋ねてきた。僕は「うーん、さあ、わからない。それ、どういう意味？」と答えた。

もちろん酒は呑んでいた。学校に着いたのは、約1リットルの瓶ビールを2本空けた直後だった。マグネット・スクールに通うのが嫌で、仲間たちと普通の公立校に通いたかったけれど、オズフェスのチケットをちらつかせる母親に買収されて、試しに通ってみると約束したばかりだった。仲間は学校に登校する前に、僕を新しい学校まで送っていく予定だったが、その途中で授業をさぼることを決め、だったらビールを買ってビーチで飲もうという話になった。僕は「頭がおかしくなったのか？　新学期初日だぞ。俺は学校に行かなくちゃならないんだよ」と説得したが無駄だった。仲間たちは偽の身分証明書を持っていたから、学校から約1キロ離れたところにあったセブンイレブンに寄って、ビールを手に入れた。そして僕は、みんなが買ってくれた「ミッキーズ・アイス・モルト・リカー」2本を一気に飲み干してから教室に向かった。

メナシェ先生の顔を見上げると、怒っているようには見えなかったけれど……戸惑っているようで正直驚いた。他の先生だったら、「何を考えてるんだ。そんな状態で教室に来るなんて！」とお説教のひとつも言ったはずだ。そして僕は校長室送りになって停学、もしくは退学だってありえたかもしれない。でもメナシェ先生は僕を校長室送りにはしなかった。本気で心配そうな顔で僕を見つめていた。「権威」を振りかざすようなことはせず、敬意を持って接しながら、僕を気に掛けているのだとわかった。

それからは酔ったままで教室に来たことは一度もなかったし、メナシェ先生の授業にはすべて出席した。他の授業は年がら年中サボっていても、メナシェ先生の授業をサボろうとは決して思わなかった。メナシェ先生が自分に期待をかけてくれていたのはわかっていたし、僕が学問を修められるよう一所懸命になってくれる先生を失望させたくなかったからだ。

――アーロン・ロウクリフ
コーラル・リーフ高校　2000年卒業生

9　言葉の魔法

僕の教室の壁は生徒たちのアート作品で次第に彩られていった。作品名「エスメラルダ」という色鮮やかな抽象画は、ヴィクトル・ユーゴー著『ノートル・ダム・ド・パリ』の主人公のジプシー娘にちなんでタイトルをつけたもので、『ハックルベリー・フィンの冒険』の登場人物をモチーフにしたモビールもあった。それから僕に脳腫瘍があるとわかった後には、ＭＲＩ画像をモデルに僕の脳を描いた油絵も加わった。

デスク脇の壁に掛けたコルクボードには数え切れないほどの教え子たちの写真が所狭しと貼られ、備え付けの本棚には生徒たちのお気に入りの本や、僕には処分するに堪えない昔の教え子たちのエッセイがぎっしりと詰まっていた。

この「２１１号室」を、我が家よりも我が家らしく感じることもあった。僕にとってここはまさに、生きる場所、食べる場所、教えることの息吹を感じる場所、だった。

毎朝早くに登校し、夜遅くまで生徒たちの向学心を高められそうな斬新なアイデアに頭をひねっていた。生徒たちが手応えを感じられるものや、自分との関わりを見いだせるものについて考えることが僕に課せられた宿題だった。生徒たちを観察し彼らについて学び、そして何より、彼らの話に耳を傾けながら、新しい教育法を編みだそうとしていた。

新学期が来ると最初にしていたのは、生徒ひとりひとりに今まで出会った中で最高の先生と最悪の先生を考えてもらい、その理由を話してもらうことだ。たったそれだけでも、生徒たちの関心を得るカギは「教え方」にあるのだとわかった。

生徒との対話で浮き彫りになったのは、教師に必ずしも相性の良さや楽な授業を求めているわけではないということだ。教え子たちが望んでいたのは、生徒に関心や思いやりを持ちつつ、彼らの言動に左右されない教師だった。自分を気に掛けてくれる存在であっても決して仲間ではない、そんな関係だ。

それから授業では耳を澄まさなくてもいい程度の大きな声で話すこと。さもなければ興味をそがれ、だれてしまうのだと知った。生徒たちにとって穏やかな口調は退屈なだけで、退屈な授業をする教師は「失格」の烙印を押されることになる。

それに教師からの尊重を欲してはいても、すべてにおいて対等であることは求めていなかった。先生のほうが知識や経験が豊富なのはわかっていて、それはまあいいから、ただ見下した態度で話すのはやめてください、ということだ。生徒たちは相手を見くびるような恩着せがましい態度やごまかしを嫌がった。

提出課題のエッセイを添削しながら、文章の途中で「これ、絶対読んでないだろ!」なんで不機嫌なメモを何度目にしたことだろう。そんなときは決まって、そこを丸でかこんでから、「(そっちこそ) このコメント、絶対読んでないだろ!」と書き加えた。

事実、何時間もかけてひとつひとつのエッセイをじっくり読みながら、赤ペンでたくさんのコメントを残すことが多かったので、読み終えた後はインクをこぼしたのかと思うくらいページが真っ赤になっていたほどだ。生徒はエッセイの執筆に時間をかけているのだから、こちらも時間をかけて読み、文章をさらに上達させるためのアドバイスをしたかった。

それから生徒は厳しい要求や期待をかけてくれる教師を望んでいることもわかった。期待は学ぶことへの強いモチベーションになる。

教師一年目が終わりに近づく頃には、無味乾燥な教科書はポイと脇に置いて、25本の小説タイトルを記載した読書リストと各作品のあらすじを書いたプリントを配った。「名作を読む」と名付けたこの課題は、『グレート・ギャツビー』『動物農場』『自殺志願』などの作品から面白そうだと思う一冊を選び、好きなときに読むという内容だ。

もし読み進める途中でつまらないと感じたら他の作品に変更しても構わない。けれど必ず一作品を読破して、その作品を題材にしたプレゼンテーションを考え、与えられた提出日までに準備することが最終課題だった。

授業では『ハンガー・ゲーム』や、僕の愛読書『時計じかけのオレンジ』に加え、スタインベック、ヘミングウェイ、フォルクナー、ディキンソン、ホイットマン、フロストなどの作品も取り上げた。文学だけに留まらず、ラップ音楽のリリックやハーレム・ルネサンス時代に登場した詩人グウェンドリン・ブルックスの作品も教材として活用した。

　傷心や友人たちの間での板挟み、ボーイフレンドやガールフレンドに関する悩み、おまけに辛い失恋、と自分のことで手一杯なティーンエイジャーの気を引くには、創意工夫が必要だ。若者は自己中心的なものだし、本人自身のことや何かしら関わっている事柄でなければ、ほとんど興味を示さない。そこで、写真や絵を使った自伝を作るという課題を出すことにした。

　まず今までの人生で最も代表的だと思う10の出来事を選ぶ。それから各々の出来事に、形容詞や副詞といった単語ではなく「自転車の乗り方を覚えた」のように一文をつける。そして各文を写真や絵で表現したら、ひとつのコラージュにまとめるというものだ。

　完成したコラージュはどれも見事で、なかには笑いを誘う作品もあった。「泳ぎ方を覚えた」という文にはサメに追われながら泳ぐ人の絵が、「車の運転を覚えた」には衝突試験で使われたのだろうダミー人形2体の切り抜きが貼ってある。みんな課題を楽しんでいた。作業が終わりかける直前には、こんな質問をした。

「みんな、『一枚の写真は一千語に匹敵する』って格言を聞いたことがあるかい?」

　全員が一様に頷く。

「よし、それじゃ今自分が作ったコラージュに物語をつけるような感じで、一千語の文章を書いてみよう。それが無理だったとしても、紙の両面を埋め尽くすつもりで」

期末試験のエッセイには、ジャック・ケルアックの『路上』を勧めることが多かった。ケルアックと友人による自分探しの放浪の旅をベースにした小説だ。けれど万人ウケする作品ではない。例えば、この作品は絶対に自分には向いていないと言い切った女生徒がいた。芝居の才能があっておしゃべり好きなマッシ・ゴンザレスという子だ。

ある放課後、「この本、全然意味がわからないんですけど!」と言いながらマッシが教室に飛び込んできた。「だったら他の作品に差し替えなさい」

僕は肩をすくめ、代わりにトム・ロビンズの『キツツキのいる静物（未邦訳）』（原題 *Still Life with Woodpecker*）を勧めた。タバコの「キャメル」のデザイン画を舞台にした一風変わったラブストーリーで、好みがはっきり分かれる作品だ。「オーケー」はい、はい、とでも言うようにマッシは目をくるくる動かしながら答えた。

そして翌日、マッシがまた教室にやって来た。目が真っ赤になっている。

「ちょっと先生、何考えてるわけ？　この本も何言ってるのか、まったくわからないんだけど!?」だからと言って、今回の課題は大目に見ることにしよう、となるはずもない。「そのまま読み進めてみなさい。どうやったら楽しく読めるか考えてごらん」

はたしてマッシはそのとおりに読み進めた。最終課題のプレゼンテーションの日、彼女は早めに登校していた。授業が始まり、発表する番になると、マッシはクラスメイトたちの前で物語の場面を演じ、我慢して作品を読み進めた自身の悶絶ぶりをパントマイムで表現してみせたのだ。文句なしのパフォーマンスとアイデアだった。ほんの少しの励ましで、マッシは退屈だったはずの課題から傑作を生み出したのだ。その日の放課後はいつにも増して足取りが軽かった。

授業では活発なディスカッションが展開することも少なくなかった。従来とは異なるやり方であっても、生徒たちの創造力をかき立てる課題を出すことに僕は力を注いだ。クラスメイト同士が共感の心を持ち、そこから作家や物語の登場人物を尊重することを学び、ゆくゆくは自分の人生に関わる人たちの尊重につながっていくことが究極の目標だった。

例えば、ステファニー・エリクソンの「嘘のつき方」（原題 *The Ways We Lie*）というエッセイを取り上げたときのことだ。授業の前に、嘘をついたりつかれたりした経験を作文にまとめてくるよう宿題を出していたのだが、そこから発展したディスカッションは生徒や僕にとって目から鱗の内容となった。

生徒のひとりは幼い頃、サンタクロースの存在を心から信じていた。しかし、とあるクリスマスイブの夜、父親がプレゼントをラッピングしているところを見つけてしまい、両親が自分にずっと嘘をついていたことに気づいたのだという。彼女の経験について話し合っていると当人は、「それ以来父親を心から信用したことがない。サンタクロースがいないとわかってもそれほどショックではなかったけれど、両親に裏切られたことがトラウマになっている」と言った。「自分の両親すら信用できなかったら、他に誰を信用すればいいの？」

そしてディスカッションは嘘の度合や、たとえどれほど無邪気な嘘でも相手はその影響に少しずつ巻き込まれてしまうという内容にまで進んでいった。エリクソン氏は同著でこう述べている。「私たちは嘘をつく。私たちの誰もが。話を誇張したり、端折ったり。人との対立を避けたり、人に遠慮したり。都合良く忘れたり、隠しごとをしたり。そして状況次第では嘘をついたことを神様に対して正当化しようとする。私も多くの人と変わらず嘘をついているのは承知で、それでも自分を正直な人間だと思っている。もちろん私も嘘をつく。けれど、何かを傷つけているわけではない。それとも傷つけているのだろうか」

最後の質問が気に入った僕は同じ言葉をクラスに投げかけた。そして生徒たちが宿題に書いてきた嘘は、単なるお世辞か、それとも見え透いた嘘かと尋ねた。

最も興味深い議論につながったのはお世辞のほうだった。大袈裟な嘘をつくのが間違っていることは誰もがわかっていた。でも、善意から出た嘘（「そうだよ、バージニア。サンタクロースはいるんだ！」）はどうだろう。最初はクラスのほとんどが善意から出た嘘を擁護する側にまわっていた。でもクラスメイトのひとりが、自分は人を信用できないせいで友人やボーイフレンドとぎくしゃくすることがあると告白すると、どんなに罪のない小さな嘘も相手には大きな意味を持つと知ったようだった。

僕はよくある他愛のない嘘の例を一つ挙げたものだ。

「ガールフレンドから『今日の格好はどう?』と聞かれて、素敵だと答えた。でも本当は嘘をついている。それでいいと思う?」返ってくる答えはいつも大半が同じだった。「それ以外に何て言うの。彼女を傷つけて何になるの」

その時点で、文豪たちが残した嘘についての名言を紹介するのが常だった。あるときはジョージ・バーナード・ショウの「嘘つきが受ける罰とは誰かに信じてもらえないことではない。本人が誰も信じられないことだ」を、またあるときは、スタインベックの『エデンの東』からの一節、「大半の嘘つきが揚げ足をとられるのは、自分のついた嘘を忘れるから、もしくは自分の嘘から出たまことに直面するからだ」にふれた。

他にもう一つ生徒たちの気に入っていたのは、ローズ奨学生のひとりで辞書編集者バージェン・エヴァンスの「女に嘘をつこうとしない男は、女の気持ちに対する思いやりに欠ける」という引用だ。

興味深い議論を重ねた末、生徒たちは直感的に真実を理解したようだった。そして達した結論はこうだ。ほとんどの嘘は不安から生まれるもので、人は嘘をつくことで自分がどれだけ不安かを認めている。

そのような授業を続ける中でやがて、生徒たちを有意義なディスカッションへと導く「ザ・スパイラル」という考え方を見いだした。内容は明快だ。まずホワイトボードにシンプルならせんを描き、その真ん中を指さして言った。「最初から始めてみようか」

「僕たちの人生は生まれたときから始まる。生まれたばかりの頃は、完全に自分が中心なんだ。お腹が空いたり、眠かったり、おむつを取り替えてほしくて、その問題を解消したいから泣いて誰かに知らせようとする。両親の睡眠時間が減ってもお構いなしなんだ。自分が満足できればそれでいいんだからね」

そしてらせんに沿いながら指す場所を移動して、こう続けた。

「そして3～4歳になったとしよう。ママが棒付きのキャンディーをくれた。君はキャンディーが大好きなどころか、君の人生はこのキャンディー1本にかかっている。でも手から落としてしまって、キャンディーにはゴミがついてしまったから、ママはゴミ箱に捨てる。自分にとってたった一つ意味のあったものを失った君は泣きじゃくる。何もかもなくしてしまったんだ。この時点では、自分以外の存在を意識し始めているけれど、自分に直接関わりのあるものにしか興味がない」

僕は指している位置をさらに移動した。

「8歳になった君は、ママが泣いているところに出くわす。側に行って助けてあげたいけれど、自分にはやりたいことがあるからそのまま立ち去る。本当に気に掛けるようになるのはまだ先だけど、この時期に君の心に蒔かれた種は数年後に芽を出す。そしてやっと他者に対して気持ちや感情的な反応を示すようになるんだ。10歳になってママが泣いているのを再び目にした君は、側に行ってママを抱きしめてあげる。時間の経過とともに、自分本位だった内面から少しずつ外側へと押しやられながら、個人だけの問題に対する関心が徐々に薄れていくんだ」

そして最後に、らせんの終端あたりを指した。

「ここまで到達できる人はほんのわずかだ。でもここがゴールなんだよ。君たちは本当はここを求めてる。この時点では、過去や未来についてだけでなく、自分には直接関係のない物事、例えばアフリカで飢餓に苦しむ子どもたち、中東で起きている戦争、第三世界諸国の貧困について親身に考えるようになる。他者に共感し、相手に対する真の敬意と思いやりを持って行動できるということだ。なぜなら自分よりも他者を気遣えるからだよ」

驚いたことに、ザ・スパイラルは学内で急速に広まっていった。みんな思い思いに、ノートに描き写したり、自分の肌にらせんを描いたりしていた。アート系の生徒はスケッチブックに、音楽系の生徒は譜面に。それに垂れ幕、掲示板、ロッカーなどキャンパスの至るところでも目にした。僕の教え子だけでなく、僕の授業を受けたことのない生徒たちに、自分の欲求や願望の域を超えて思考することを思い出させるものになっていたのだ。

そのインパクトを目の当たりにした僕は、文学と人生の教訓とを融合させた新たな指導法を模索し始めた。そして生まれたのが「プライオリティ・リスト」だ。

＊＊＊

先生のクラスでは一年を通じて、新しい世界観や社会に生きる人々の視点を理解しなければなりませんでした。そして言葉の裏に込められた思いを汲み取り、構文や選び抜かれた言葉を通じて作者の声に耳を傾けることを学びました。私には言葉のもたらす魔法が見えるようで、その魔法を活かしながら、言葉を自在に操るすべを学びました。

それから先生は現実の世界についても教えてくれました。先生を通じて知ったのは、知識を追い求め、それを分かち合ってこそ充実した人生が送れるのだということです。私たちが世界というものを適切に理解できるのなら、現在とは言わずとも、次なる世代に手を差し伸べ、変化をもたらす方法を伝えながら彼らをより良い世界に導くことこそが私たちの義務なのではないでしょうか。

――アルベルト・エレーラ
コーラル・リーフ高校　２００９年卒業生

最初に出された課題のことは今でも鮮明に覚えています。人生の目標、将来の夢や希望、そしてそれを叶えるためにどう取り組むつもりなのかを作文にするという内容でした。課題を提出した後、内容について先生と個人面談がありました。私のレポートを手にしながら、「ヴィッキー、これは君の本心じゃない。ここに書かれているのはどれも嘘っぱちだし、僕は信じない。本当は何が言いたいんだい？」と問われ、愕然としました。志望大学さえ決められない17歳の女の子が、人生の目標なんて立てられるはずもないでしょう？　でも何かが起こったんです。

そのときから、ただ良い成績を取ることや先生を喜ばせる努力をやめ、自分が受けている教育から何を得たいのかを真剣に考えるようになりました。それほど意味のある贈りものをしてくれたのは先生が初めてでした。メナシェはそういう先生なのです。生徒に自分の考えを押しつけず、かといって、こちらが成績のためにその場しのぎの答えをしようものならすぐに見抜いてしまう。文学でも人生でも、真実を追究しなさいと諭され続けました。独創的な視点から物事を見る手助けをしてくれたのです。

――ヴィッキー・カンパドニコ
コーラル・リーフ高校　２００９年卒業生

10 プライオリティ・リスト

ある晩のことだ。自宅で夕食を済ませると、ポーラは自分の母親に電話をするためにベッドルームに行き、リビングルームに残った僕はシェイクスピアの『オセロ』を読み返していた。それまで何度も読み返していたためページが痛んで黄ばみかけていたが、生徒たちが話に入り込めずにいたので、彼らが共感できる方法を見つけられたらと考えたのだ。

それから2時間後、あるアイデアが浮かんだ僕は心の中で叫んだ。

「これでうまくいきそうだ」

物語の登場人物にとって大切なものを理解させるために、生徒たちの人生にも応用できる単語、例えば名誉、愛、富、権力、キャリア、リスペクトといったプライオリティ・リスト（優先リスト）を作ってみてはどうだろう。

『オセロ』の場合であれば、ムーア人の将軍である主人公オセロは「名誉」を最も重んじるかもしれないし、オセロが率いる軍の旗手でオセロに昇進を見送られたことを恨んでいるイアーゴは、むしろ「キャリア」を優先させるだろう。そして死ぬまで貞節を守ったオセロの恋人デズデモーナなら真っ先に「愛」を選ぶに違いない。優先順位をつけることで、各登場人物の相違点や共通点を見つけられれば、人間とはおしなべて複雑な生きもので、善悪という単純な線引きでは語れないと気づいてもらえるかもしれない（まあ、イアーゴはいかんせん救いようがないのだが！）。

そして翌日。僕はホワイトボードに『オセロ』の登場人物の名前と単語リストを書き出し、生徒たちに向かって、これをノートに書き写してから登場人物がそれぞれ優先するだろう単語の順位を考えてみるようにと伝えた。するとみんな食い入るように単語を見つめ、リスト作りに熱中し始めた。

終業のベルが鳴った後もそのまま教室に残って、自分の作ったリストについて熱く語り合う子もいたほどだ。その日は担当している全クラスに同じ課題を出したのだが、どのクラスでも同じ光景が見られた。

生徒たちは登場人物の人となりを理解して親近感を抱くようになっただけでなく、自分自身に対する理解をも深めていったのだ。「僕はイアーゴっぽい」「俺はオセロだな」「私はデズデモーナみたいに誠実」という感想が次々と上がった。

効果を実感したこともあり、翌年の担当クラス用に作成した単語リストには、ニュアンスがより微妙で、位置づけが難しい言葉、自立、精神性、スタイル、などを付け加えた。

そして『オセロ』の登場人物だけでなく、生徒自身のリストも作ってみるようにと伝えた。作業が終わってから、自分が選んだ単語をホワイトボードに書いて、クラス全員に発表するように伝えたのだが、実際、前に出るには勇気がいったはずだ。クラスメイトに本心をさらけだすだけでなく、それで判断されることはないとみんなを信頼しなければならなかったのだから。それでも生徒たちはこの課題に取り組むことで、自身について何かを悟り、そこからお互いを認め合い、相手に共感する気持ちを育んでいった。当初は文学を理解するためだったはずの課題が、いつしか人生の教訓を得る機会になっていた。生徒たちはこの課題を心から楽しんでいた。

僕自身も生徒たちのリストからたくさんのことを学んだ。ひとりひとりのリストは、さらに深い物語へのヒントであることが多かった。例えば、エイミー・Sという生徒は、「教養」よりも「仕事」を優先していたのだが、大学はあくまで次のステップへの跳躍台だと意識していたのかもしれない。その一方、マルコム・Bという生徒のリストのトップにあったのは「教養」で、将来のキャリアについてはまだ気持ちが固まっていなかったのかもしれない。

特に「愛」という単語の位置づけはいつも生徒たちの心の内を明かしていた。ニコール・Fという生徒が「家族」の横に「愛」と書いたとすれば、いつか将来に築くだろう自分の家族への希望が表れたのかもしれない。一方、ミゲル・Tが「家族」の横に「安心」と書いていたなら、おそらく自分の両親と兄弟のことを思い浮かべていたのだろう。リストは生徒たちがその時点で最も大切にしている、少なくとも本人が大切だと「思った」ものを克明に映し出していた。

リストの課題を続ける中で、心打たれるエピソードに出会うこともあった。ライアンというたく内気な生徒は、クラスメイトの前でおどおどすることが多かった。美しい声の持ち主だったライアンは合唱部に所属し、歌っているとき以外はほとんど感情を表に出さなかった。

僕が授業でプライオリティ・リストの課題を出すと、ライアンは顔を紅潮させた。椅子の中でビクビクと落ち着かなさそうに、適当な答えを絞り出そうとする様子から、とてつもない不安の中にいるのだと伝わってきた。生徒たちの書き出すリストを見ようと教室内を歩き回りながら、ふとライアンのリストに目を落とすと、その冒頭に見えたのは「プライバシー」で、その後には「家族」「性」が続いていた。

それから数週間が経ったある日のランチタイム、ライアンが教室に現れた。そして僕のデスクの隣にあった赤い布張りの椅子に腰を下ろすとそわそわした素振りで、爪をいじりながら、膝を見つめるようにうつむいていたが、とうとう胸につかえていたものを吐き出した。

「僕はゲイなんです。この話をするのは先生が初めてです」

僕は彼の肩をたたきながら言った。

「大丈夫だよ。よく話してくれたね。とても勇気がいっただろうに」

ライアンの身体から緊張がほどけていくのがわかった。

その後も僕たちは学期末までいろいろなことを話し合い、本当のことを伝えるために家族や友達を信頼するよう、ライアンを励まし続けた。そしてライアンは家族にゲイであることを告げた。両親の理解を得るまでにしばらく時間がかかったが、最終的に二人とも息子を受け入れたのだった。

僕は生徒から秘密を打ち明けられることが多かった。生徒たちの話に真剣に耳を傾け、自分の立場を真摯に受け止めていた。けれど自分が与えられるアドバイスに限りがあることも承知していた。

相談してきた生徒が何らかの危険な状況に置かれ、専門家の助けを必要としていると思えば、それが得られるよう適切な担当者に報告をした。でもほとんどの場合、生徒たちは自分の気持ちを察し、話をじっくり聞いてくれる誰かがいてくれるのだと確かめたかったのだ。そんな生徒たち（と僕）が、彼らの人生で起きていることを知る上でもプライオリティ・リストは大きな助けになった。

プライオリティ・リストは魔法のように万能ではなかったが、リストを書いた当人ですら気づかなかったようなそれまで上手く隠されていた秘密を表に出し、心の奥底にあった真実を解き放つ不思議な力を持っていた。リストの順番に何かヒントが見つかれば、感じたことや想像したことを生徒たちに告げることもあった。みんな驚いて目をしばたたかせながら言っていた。

「僕がそう思ってるってどうしてわかったの？」

「両親ともめてるって何で知ってるの？」

「好きな人がいるって誰から聞いたの？」

プライオリティ・リストは、彼らの人生で起きていることや大切にしていること、声には決して出さない言葉を打ち明けていたのだ。そして生徒たちはリストを通じて現状を把握し、将来の可能性を思い描くようになっていた。程なくして僕も彼らと同じ経験をすることになる。

＊＊＊

メナシェは、私たちが人生で大切な時期を過ごしていること、そして今の決断が今後にどれだけ影響するのかを教えてくれました。負っている責任の重みを理解させ、エッセイや質問やプライオリティ・リストを通して、その責任を果たすあと押しをしてくれたのです。メナシェに学んだのは意図をもって話すことです。そして大人になることだけでなく、クラスメイト同士や、授業を通じて少しずつ成長していた私たち自身の思いに耳を傾けることも学びました。

高校時代は大人から何かと意見を押しつけられるものです。大人は若者が興味を持つことには眉をひそめ、友人、成績、お金、周りからの評判などの価値観に口をはさむことばかりで、自分の主義主張で延々とプレッシャーをかけてくるのです。まして、自分の価値観を一から築き、自分でプライオリティを見極めなさい、と言ってくれる大人に出会えることなどそうそうありません。

プライオリティ・リストの作成には、自分自身を見つめ、大切にしているものが何なのか自問自答しなければなりませんでしたが、大人たちが押しつけるプレッシャーや不安とは無縁でした。将来どんな大人になりたいのかを考えるために、自分という人間を知るひとつの方法だったのです。

――メリッサ・レイ
コーラル・リーフ高校　２０１２年卒業生

先生がくれた紙の裏に殴り書きしたプライオリティ・リストを今でも持っています。私が初めて書いた、先生が授業で読み上げたあのリストです。他の大切なメモや写真と一緒にスケッチブックにはさんで保管しています。大学のとき、英語クラスの課題で、プライオリティ・

リストのこと、リストがどれだけ役に立ったのかを書いたほどです。

――ホリー・ジーン・ヘンダーソン
コーラル・リーフ高校　２０１０年卒業生

11　10分間

麻酔から目を覚ますと、マスクをつけた人影が頭上にぼんやりと姿を現した。

「僕は死んだのかな?」

「どう思う?」

２００６年冬、脳を圧迫していた腫瘍の一部を切除する手術を受けた。担当外科医のアリアス医師によれば、「低異型度びまん性グリオーマ」という腫瘍で、何年もかけて成長したのだという。厄介なのはゴルフボール大にまでなった腫瘍は突然消えてなくなることも、縮小することもないことだった。

ありがたかったのは無事に手術を乗り切れたこと、そして運動能力にはなんら影響がなく、術後も会話や歩行に差し支えなかったことだ。さらに励みになったのは、このままゆっくりとしたスピードで腫瘍が進行するとしたら、この先何年も比較的普通の生活を送れるかもしれないことだった。脳腫瘍患者にとってこれ以上の朗報はない。

一刻も早く病室に戻って、ポーラとジャックの顔が見たかった。僕が最も頼りにする二人は、手術が終わるのを病室でずっと待っていてくれたのだ。病室には他にも僕を待っているものがあった。最初は気づかなかったけれど、少しずつ麻酔が切れ始めると、やっとそれが何なのかがわかった。大きくてつやつやした風船がベッドの足元に結んである。スペイン語は不得手な僕でも風船に書いてあるメッセージはすぐに理解できた。〝**Es una niña!**〟「女の子!」という意味だ。

風船は長兄モリスからのプレゼントで、院内のギフトショップにはその風船しか残っていなかったのだそうだ。「腫瘍は女の子だったのかもしれないな」ジャックが気の利いたジョークを飛ばすと、その場にいた全員がほっとしたように笑い出した。手術前の準備期間から2週間ぶりの他愛もない、でもみんなが心待ちにしていた明るさが僕たちを包んだ。

手術から3、4日が経過し、僕は医師に早期退院の相談を持ちかけた。このまま入院して処置を受けるといっても切開部のガーゼを交換する程度で、それなら自宅でもこと足りると思ったのだ。医師の承諾を得た僕はガーゼを固定するためのネット包帯を頭につけ、看護師に車椅子で玄関まで見送ってもらい、そのまま病院を後にした。

次の月曜には早速仕事に復帰した。生徒たちは冬休みを終えたばかり。かくいう僕は吐き気が治まらず頭は朦朧としていたが、手術を受けたとはっきりわかる証拠は右耳上の髪を剃った跡に見える、黒い糸で縫合された馬蹄形の手術痕だけだった。そんな状況でも、その日は人生で最も幸せな一日に入る、と言ったらおかしいだろうか。心から望む場所で一緒にいたい人たちと共にいられることが、何にも代えがたい幸せだったのだ。太陽はきらきらと輝き、生徒たちは久しぶりの再会に大はしゃぎで、僕はこうして自分の教室に戻ってきた。

病人だが何とか共存できる病だ。そうしていられるのははたしてあと何年なのか、医者たちははっきりした答えをくれなかったが、基本的にはわからないと言う。腫瘍がそのまま大人しくしていてくれれば当座の心配はない。なるほど。人生がいつ終わるのかを知らずとも生きていけるさ。誰だってそうじゃないか。

その年と翌年、僕は生きた。ただ生きることに懸命だった。学校は一度も欠勤しなかったし、全米優等生協会でのアドバイザー役を引き受け、学校ではローラーホッケー部のコーチを務めた。ポーラと一緒にガレージセールを冷やかしながら、値切るのが楽しくてさして欲しくもない安物のアクセサリーを買うこともあった。それ以外にもアイスホッケーの試合を観に行ったり、ビーチに遊びに行ったり、地元のクラブ「チャーチルズ」にバンドのライブを観に行くこともあった。

そんな毎日を過ごしていた２００９年のある日、突然頭痛に襲われた。学年度初のオープンハウス開催日だ。

保護者が担当教員に会って子どもの成績や今後のスケジュールについて話し合う大切な

日で、絶対に出席しなければならなかった。どんな言い訳も正当な理由にはならない。煩わしい頭痛など問題外だ。

痛みは一日中続き、時間を追うごとにひどくなっていった。オープンハウス直前には、目がかすんで視界がはっきりしないほどだった。12時間働きっぱなしでまだ夕食を食べていないからだ、と自分に言い聞かせようとしたが、ストレスや空腹からくる普通の頭痛とはまるで違う。耐えがたい激痛としか言いようがなかった。でも帰宅することは許されない。一番乗りの保護者が教室に向かってくる足音が廊下で響いている。僕は言った。

「しっかりしろ、メナシェ」

教室は大勢の保護者で溢れ、僕はいつもの「ウェルカム・スピーチ」で挨拶を始めた。「私が恐れていた日がとうとうやって来たようですね。今朝7時から働きづめですが、保護者のみなさんには私に良い第一印象を持っていただかなくては！」

その言葉はいつもどおり場の緊張をほぐしてくれたようで、みんなクスクスと笑った。もう10分だけ我慢しろ。そうすれば家に帰れる。あとは条件反射にまかせるしかない。

それからの10分間はたまらなく長かった。保護者たちからの質問が矢継ぎ早に続く。成績。特別単位。大学進学。最後の一人が教室を出るまで必死に痛みを堪え続けた。見送りを終えると、両膝がガクリと折れ、その場で崩れ落ちるように倒れた。「もうヘトヘトだ」という類のものではなく、身体が勝手に動いた。まさに失神だった。

その数分後、その日の調子はどうだったかと様子を見に来た同僚のデニスが、机の上に突っ伏している僕を見つけた。意識は戻りかけていたが、頭の中で誰かにガーン、ガーンと大型のハンマーで殴りつけられているようだった。

デニスがポーラに連絡を入れてくれ、僕とポーラはダムスキー医師のオフィスで待ち合わせた。心配そうな表情を浮かべたダムスキー医師は即行動に出た。ひととおり診察を終えると、救急車を呼び、オフィスから1・5キロ先にあるバプテスト病院に僕を搬送したのだ。病院にはダムスキー医師も同行し、到着してすぐに撮影した新しいMRI画像を手にしながら、困ったことになった、と言った。生命の危険にさらされているほど深刻な状況で、その場で手術を受けなければ死んでしまう、と。

看護師の手を借りてストレッチャーに横になると、別の看護師が僕の氏名と社会保障番号をメモした紙を僕の胸元にテープで貼り付けた。病院付きの介添人がストレッチャーを押し、受付デスクの前を通り過ぎてエレベーターに乗り込むと気ぜわしく2階のボタンを押した。エレベーターのドアが閉まる寸前、ポーラに小声で言った。

「ジャックに電話してくれ」

手術室に入ると、すでにダムスキー医師が待っていた。麻酔医に注射針を刺され、意識が遠のいていくのを感じながらぼんやり思った。ポーラやジャックの顔を再び見ることはあるのだろうか。

手術は数時間に及び、終わる頃にはジャックが病院に到着していた。制作中のドキュメンタリー映画の取材でカリフォルニアに滞在していたのだが、ポーラから連絡をもらい、最初のフライトでマイアミに駆けつけたのだ。ダムスキー医師の話では、MRI画像に映った腫瘍は野球ボール大にまで達しているという。大人しくしていたはずの腫瘍は進行性へと変化して脳の正中部を圧迫し、僕の生命を脅かしていたのだ。その場で腫瘍の一部を切除し、脳への圧迫を減少させていなかったら、数時間後には死んでいただろうという。事実、オープンハウスで保護者に自己紹介をしている最中に倒れてそのまま息絶えていてもおかしくなかったそうで、それを目撃せずに済んだ保護者たちは幸運だったようだ。

「ダヴィード・メナシェはデューク大学病院で術後半年後の検診を受けたところ、腫瘍は完全に安定しているという診断が出ました。ほっとしたよ」というメッセージをフェイスブックに書いてから、まだ半年しか経っていないというのに。

それでもフェイスブックに近況報告を兼ねて術後の写真をアップロードした。

「僕の腫瘍はレベル4（悪性度が最も高い）のグリオブラストーマで、進行度が最も高い状態だそうだ。もうじき放射線療法と化学療法が始まる。これから6週間、毎日だ。この手の療法を受ける患者の平均余命は12〜15カ月だ。まあ、だから何だというわけじゃないけどね」

ポストを更新して数分も経たないうちに、何十人もの人たちから温かい気遣いや励ましのメッセージが次々と届いた。でも僕の目を引いたのは、教え子のひとりから届いた叱咤激励だった。前年にコーラル・リーフ高を卒業したヘザー・マリー・ウィルソンという肝っ玉の据わった子で、僕の言葉の裏に隠れた「自己憐憫」を感じ取ったようだった。

「この1週間ずっとみんなから『ヘザー、すぐにフェイスブックでメナシェ先生のページを見て。悲しい話だよね』って言われっぱなしで、やっと時間を見つけて（こちらは深夜の2時半です）先生のページを今チェックしたんだけど、ほんとにむかついてる。先生にも、みんなにも、この状況にも。メッセージをくれてる人たちは先生のことをまったく理解してないみたいだし、正直言って、先生も自分のことが理解できなくなったのかって思ったくらい。

私たちがまだ高2で、先生が初めて病気のことを話してくれたときのことを覚えてる。みんな心配して泣いたし、痛みを和らげてあげたくて、先生を失いたくなくて、助けられる方法を血眼になって探してた。私だって泣いたんだからね！　先生は真剣な顔で私を見て、心配するなって言ったでしょ。自分はどこにも行かないって！　今みたいな状態の先生は見てられないし、みんなが悲しがってるのも耐えられない。ねえ、先生は生きてる！　それにこれからもしばらくこの世にいるはずだから。先生みたいに強い闘志を持ってる人が簡単に諦めるなんてありえないでしょ。

じゃあ、8時からのクラスの準備をしなくちゃ。明日にはもっと明るいステータスを期待してます」

まだ若いのになんて賢い子だろう。そんな彼女からのメッセージを読んで、微笑まずにはいられなかった。

＊＊＊

初めて教室に入ったとき、先生の姿はまだありませんでした。がんのことは先に聞いていたので、私は少しナーバスになっていました。発病から2年が経っていて、病気のことは周知の事実だったのです。胸を張りながら教室に入ってきた先生の側頭部には大きな傷が見えました。見るからにぞっとするような傷痕でした。それから先生はスツールにどさりと腰を下ろして、クラス全員に向かってにっこりと笑うとこう言ったのです。

「紳士淑女のみなさん、おはよう！　僕の名前はダヴィード・メナシェ。そしてみんな知ってのとおり、脳腫瘍持ちだ」

病気のことに触れたのはその一度きりでした。それから先生は自分の授業がどれほど楽しくて、どれだけ私たちに期待しているのかを話し始めたのです。

——ジェニファー　ブルーワー

コーラル・リーフ高校　２００９年卒業生

12　消えた記憶

僕は普段から飲み込みが早いほうではない。けれど、あとどのくらい「生きられるか」というよりどのくらい「生きられないのか」を誰かに告げられると、自分の優先事項は一変するものだとすぐに理解した。僕にとっての優先事項は、生き延びることになっていた。

2度目の手術を終えてから2年半の間、幾度となく医者の元を訪れ、腫瘍の進行を食い止めるために試すべきだと言われたことはすべてやった。毎日学校が終わると病院に通い、体力を消耗させる化学療法と放射線療法の治療をひたすら続けた。そんな治療の日々は結婚生活に犠牲を強いることになった。

治療の影響で慢性的な倦怠感と吐き気に悩まされていただけでなく、手術痕があらわになった右側頭部は腫れ上がっていた。それに子どもの頃の記憶をほとんど思い出せなくなっていた。例えば、どうして左膝に傷痕があるのかという単純なことですらもはやわからない。家族でディズニーワールドに行ったことや、どうやらお気に入りだったらしい「シュウィン」というブランドの青い自転車を持っていたことも、写真の中だけの思い出になっていた。生まれてから15歳までの記憶をほとんど失ってしまったそんな状況が苛立たしくて、もどかしくて、たまらなかった。それでも家族や友人たちが当時の写真を見せながら話してくれる思い出話やエピソードが、空白の時間を埋めてくれた。

ただ、脳が腫瘍に冒されていくごとに、家庭を明るくしようと努めるポーラに負担がかかるようになっていたのも事実だ。夫婦の立場が少しずつ逆転し始め、彼女の中に芽吹いた新しい自立心と、世話のかかる僕との間には軋轢が生まれ始めていた。

おまけに痙攣の発作も激しくなっていた。そして医師に処方された抗てんかん薬にはひどい副作用があった。普段の僕は物事に対して熱くなる性格なのだが、薬を服用すると感情の振れ幅が狭まり、強烈な感情を感じられなくなった。激怒したり、悲嘆に暮れたり、大喜びすることもなく、まるで感情がもぎ取られたような感覚に陥っていた。

楽しむこと、冗談を言うこと、笑顔になること、そして何より「感じること」を心から愛していた僕は薬を止め、発作に耐えることにした。そして実際に上手く対応できるようにもなった。発作が起きるのを自覚できるようになったのだ。おかげで、車の運転中だったら路肩に一旦停車し、授業中であれば教室を抜け出すタイミングがわかるようになった。生徒には他の先生に用事があると伝え、廊下で発作の症状が治まるのを静かに待った。

治療で一番厄介だったのはＭＲＩ検査だ。医師からは、腫瘍の動態をモニタリングするためには2カ月おきに検査が必要だと命じられていた。

検査の日がやって来るたび、クリニックに足を運んで、採血をし、検査台の上に仰向けになったまま狭苦しいトンネルの中に入る。頭上のトンネルと僕の鼻先との隙間は8センチ程度。その状態で閉所恐怖症にならないのだとしたら、どんな狭い場所にもきっと耐えられるはずだ。そしてトンネルに入ってからきっかり2時間9分の間（その「9分」には何か意味があるのだろうかといつも不思議だった）、ガチャガチャと耳障りな金属音が響く中で、身じろぎひとつせずにじっと横たわっていなければならない。

機械音が大きすぎて邪魔で考え事もできず、痒いところも掻けないどころか、下手に咳払いすらできない。ほんの少しでも動こうものなら検査を最初からやり直す羽目になるからだ。

僕はMRI検査が大の苦手だった。なのに、とうとうこの検査に頼って生きているような状態にまで追い込まれていた。医師はどんな些細な変化も伝えてくれたのだが、僕にできるのは、そのまま腫瘍が安定し続けるのを願うことだけだった。腫瘍の変化はその悪化を意味する。検査結果が出るたび、次のMRI検査までまた2カ月間の余命を与えてもらえるだろうかという不安と恐怖に苛まれた。「腫瘍は安定しています」という看護師からの電話には毎回小躍りしていた。

医師たちが、僕が生き延びているのは治療のおかげだと考えているのは承知していたが、僕自身にはよくわかっていた。仕事があったから毎日を乗り切れたのだ。

生徒たちは僕の生命力であり、呼吸であり、この身体を流れる血潮も同然だった。何せ学校ではいつも調子が良かった。大好きな教育の現場に立っていたのだから当然だろう。自分の好きなことを続ける。それが僕にとってがんを克服するたったひとつの方法だった。

教え子たちと過ごす一瞬一瞬を噛みしめながら、教師であり続けることに全身全霊を傾けた。彼らが目標を達成すれば祝福し、もっとできるはずだと思えば、以前の倍くらい発破をかけた。共に過ごすかけがえのない時間をわずかでも惜しんだ。生徒たちとの絆を深めるのは、この病魔ではなく、学びの心や互いへの感謝と敬意だ。教室は発見の場であり、文学や自分を表現することの大切さを学び合った。それに教室は、思いやりの心を行動に移して、健全な人間関係を育む場でもあった。まだ自分にできるうちに、生徒たちに影響を与え、虚空に消えた記憶を満たしてくれる新しい思い出を作りたい。そう強く感じていた。

生徒たちは気づいてさえいなかったが、かけがえのない時間を共有し、心の支えとなる思い出を残すことで、僕に生きる意欲を与えてくれたのだ。

＊＊＊

先生が病人であることを忘れてしまうのは簡単でした。もちろん、そう言えなくなる日がやってくるまでですが。

私が高3だった頃のある日、先生に会いに行こうと教室に立ち寄ってみました。一時間目から六時間目までフルタイムで教えていたので、きっと疲れているだろうとはわかっていました。

教室に入ると先生の周りには数人の生徒が集まり、書き直すように言われたレポートの内容について質問しようと順番を待っていました。先生は私を見つけると嬉しそうに手招きをしました。調子が悪い日でも会うといつも嬉しそうな顔をして、本当は時間がなくてもあるようなフリをして話を聞いてくれました。私は特に話がなくても何か手伝えることはないかと教室に様子を見に行くこともありましたが、その日もそんな調子で教室を訪ねたのです。

「何か手伝えることはある？」そう尋ねると、先生は他の生徒から少し離れたところに私を連れ出しました。先生のことはよく知っていたので、何かがおかしいとすぐに気づきました。

「あの子たちをお願いしたいんだ」

私が困って「え？」と聞き返すと、先生は「あの子たちの質問に答えてほしいんだ。何が知りたいのか聞いておいてくれないかな」と答えました。

「あ、そういうことね、まかせて」お安いご用です、と皮肉まじりに返事をすると、私の困惑を感じ取ったのか、先生は早口で「発作が起こりそうなんだ」と言い残し、足早にドアを出て行きました。

頼まれたとおり、自分が答えられることはないかと残った生徒ひとりひとりの質問を聞いていると、一分くらい経って先生が教室に戻ってきました。先生の本当の姿、つまり重病患者という姿を見たのはそれが初めてで、ふと見ると右側の口角が少しだけ開いていました。それから先生は口の周りに残ったつばをシャツの袖でぬぐって、にっこり微笑むと生徒たちの元に戻っていきました。

放課後もう一度様子を見に行くと、ちょうど先生が教室を出るところでした。発作のことを尋ねるとはぐらかすように、「何でもないよ」とだけ言い、数週間後に迫った試験について話し始めました。もちろん先生は生徒たちの成長を病魔に邪魔させるつもりなどなかったのです。

――メリッサ・レイ
コーラル・リーフ高校　２０１１年卒業生

13 深い孤独

ある晩のこと。何回目かの化学療法の治療を終えた僕は、自宅のソファでいきなり何に駆り立てられたのか、罫線が入った紙とお気に入りのボールペンを手に取って、自分にとって大切なものを書き出し始めた。プライオリティ・リストだ。

自分で試すのは初めてだったので、どんなリストができるかと楽しみだった。でも書き終えたリストを読み返しながら、心が沈んでしまった。一番目に選んだのは友情で、その後に続いたのは、教養、自立、リスペクトだった。結婚も愛情もリストのトップに上がっていなかったのだ。

信じられない思いでリストをじっと見つめながら、自分の本音に戸惑っていた。ベッドルームからポーラの笑い声が聞こえてくる。彼女だったらどんなリストになるだろうか。トップはきっと家族だ。お母さんと姉妹はポーラにとって一番大切な人たちだから。その次は、仕事、教養、ペットと思ってまず間違いない。僕は一体どこに入るのだろう。

それまでの2年間で、僕たちの関係には亀裂が生じていた。腫瘍は僕たちの心をつなげる架け橋どころか、強引に立ちはだかる闖入者だった。もしかしたら二人の心はずっと前から離れ始めていて、がんは元々壊れかけていた結婚生活とそれを認めようとしなかった僕たちを投影しているだけかもしれない。

ぽつんとソファに座り、それまでに経験したことのない深い孤独を噛みしめながら、僕たちのプライオリティはいつから変わってしまったのだろうと考えた。

いつから一緒に宿題の添削をしたり、アイスホッケーを観に行ったりしなくなったんだろう。地元の絵画展や近所のガレージセール巡りをしなくなったのは？　ポーラが夕食後に決まって電話をするようになったのはいつからだろう。僕が放課後も学校に居残るようになり、課外活動のアドバイザーに立候補してまで週末に家を頻繁に空けるようになったのは？　ポーラに感謝の気持ちを最後に伝えたのはいつ？　気持ちを込めたキスを最後に交わしたのはいつだったろうか。

14 白い点

「小人閑居して不善を為す」とは、いつの世にも当てはまる親からの教訓だ。けれど僕はじっとしていられない子どもだったからか、母にそんなお小言をもらったことは一度もなかった。近所の通りでフットボールをしたり、自転車にまたがってほうきの柄を槍に見立てた一騎打ちごっこをしたりする以外は、ずっとスケートボードで遊んでいた。塗装のはげかかったスケボーに乗り、晩ご飯だから早く家に入りなさいとじれったそうに言う母の声が聞こえるまで、いつも道ばたの縁石で練習に明け暮れていた。

それから15年の月日が流れ、その使い道は変わったにせよ、有り余るエネルギーは子どもの頃のままだった。勤労意欲とでも呼んでほしい。ワーカホリックでも構わない。いずれにせよ僕には褒め言葉だった。

そんな僕の目から見ても、11~12年は試練の学年度だった。連日の12時間勤務（立て続けの授業、生徒指導、職員会議、部活のコーチ、校外活動の付き添い）を終わらせて、帰宅後はベッドに倒れ込むまで、エッセイの添削や翌日の授業の準備に追われる日々を過ごしていた。

そこへもってきて2週間おきに放射線治療にも通っていた。治療後は決まって容赦のない吐き気と倦怠感に襲われた。とは言えそんな新しい生き方にも慣れっこになり、鼻水が出たから鼻をかむくらい何てことはないように、病気の症状と上手く付き合っていた。学校で具合が悪くなっても、トイレに駆け込んで便器の中に嘔吐し、水を流した後に歯を磨いて教室に戻るまで、3分足らずだった。がんと治療の副作用は確かに煩わしかったが、調子はいたって良好だったのだ。おまけにその年は、南フロリダ地区の何千という教育者たちの中から「最優秀教師」にまで選ばれていた。そんな生き方をずっと続けていけるような気さえしていた。

そして7月10日、すべてが一変した。

その日、ポーラは体調を崩していた母親を見舞うためバーモントに帰省していた。僕は晩に、マイアミ市内の107番街にある「ニュー・ウェイブ・ビリヤード」という店で友人のアドリアナと会う約束をしていた。

店に入ると、アドリアナはすでに到着していた。それから料金を払ってビリヤードの球をもらい、ビールを買って、空いているテーブルを探した。最初のゲームは僕の圧勝だった。2度目は接戦となったが、勝ったのはやはり僕だった。「もう1ゲームどう？」励ますように誘うと、アドリアナはためらいながら頷いて言った。「私、自虐的なのかもね」

店内のジュークボックスからはボブ・ディランの「ブラウンズビル・ガール」が流れ、3戦全勝を狙っていた僕は戦闘準備に入った。

映画『ハスラー』のポール・ニューマンを気取りながらキューを拾い上げ、ティップにチョークをつける。それからテーブル上の球を確認すると、絶対に外しそうもないイージーショットの位置を見つけた。軽くひと突きすればいけそうだ。

でもショットの体勢を整えた途端、緑色のフェルトの上で白い点のようなものが舞っているのが見え、ぐいと引っ張られるように腕が前にすべった。ミスショットした球は、決まりが悪そうにテーブルの上を転がってクッションに当たるとあてどなく跳ね返った。

店内の照明が反射して白い点が見えたのだろう。そう思ってあまり深く考えなかった。アドリアナは僕のミスショットに笑い、そのままゲームを続けた。でも、次のショットの体勢に入ると、意識が朦朧とし再び身体のバランスが崩れた。ジェットコースターに乗った後に感じるあの違和感だ。

その場に立ち尽くしたまま、平衡感覚が戻るのを待っていると、左手からキューが滑り落ちた。拾い上げようと前屈みになると、床の上で先ほどと同じ白い点が動いているのが見える。僕は不安になり始め、アドリアナを向いて言った。「何かおかしいんだ」左手でキューを拾おうとしても持ち上げられない。

「どうしたの?」と心配そうに見つめるアドリアナに、「気分が悪いから帰るよ」とふらつきながら告げた。アドリアナは店のドアに向かう僕のすぐ後を追いながら言った。「車で後ろからついてくわ」

運転席に着いた僕はハンドルを握り、ポーラの送り迎えで毎日通っている8丁目通りに向かって車を走らせた。自宅までの道のりはほんの6・5キロだ。家の近くになって、左折しようとサイドミラーを確認し、中央のレーンから左レーンに車線変更した次の瞬間、ドーンという強い衝撃を受けた。隣の車線でエンジンをアイドリングさせていたレッカー車に衝突したのだ。まったく気づかなかった。レッカー車に気づかないなんてどうして？

僕とレッカー車の運転手がそれぞれの車を調べていると、アドリアナの車が路肩に止まった。レッカー車は無事だったが、僕の車は左側がめちゃめちゃに潰れていた。「申し訳ありません、すべて僕の責任です」おどおどと謝罪すると、運転手は気にするなというように軽く左右に手を振ると、「いいんだよ」と言ってそのまま運転席に戻っていった。

それからアドリアナに後ろからついてきてもらいながら再び車を走らせた。二つ目の角で停車し、実家にいるポーラに電話して事の次第を説明しつつも、やはり動揺を隠せずにいた。

「サイドミラーを確認したんだよ。でもライトなんて見えなかった。何もないように見えたんだ。見逃せるはずはないのに、でも僕は頭からレッカー車に突っ込んだんだ」

ポーラは、眼科医に診てもらったほうがいいと言い、僕はその提案に頷いたがそれよりも、すぐに帰ろうか、と言わない彼女の態度に腹が立った。

翌日、正午頃に家を出た僕は、自宅前に止めた車を一瞥した。明るい陽射しの中だと輪をかけて無残だ。それから車の脇をすり抜け、眼科医のオフィスがある小さなショッピング・センターに向かって足を引きずりながら歩き始めた。おや？　パステルカラーの家並みはどこだ。いつも見える車庫は？　ご近所さんはどこに行ったんだ。前方の視界にはそのどれも入ってこない。そしてはっとした。視界が目の前を走る歩道の白線ほどにまで狭まっていたのだ。白線以外には何も見えなかった。

眼科医に病歴を伝え、前夜の事故のことを説明した。すると医師は視野テストという検査を行った。言われるままゴーグルを装着し、ボウル状の機械に向かい合って座り、目の前でフラッシュが光るたびにボタンを押した。検査が終わると、医師は心配そうな面持ちで「これがあなたの視野です」と言い、検査結果の用紙に印刷されたパイ状の図形を指さした。パイの左側には何も印刷されておらず空白になっている。

「あなたには左側のフラッシュが見えなかったということです」

右側はアナログ時計の12時から2時の間を埋めるように、暗い銀色の範囲が広がっている。僕は視野の80パーセントをすでに失っていたのだ。

がっくりとうなだれたまま、のびきった麺のようにだらりと垂れ下がった左腕と、自由の利かない左足を引きずりながら家路についた。がんは僕の生命力に追い迫ろうとしている。そろそろ深刻に受け止める時期がやって来たようだ。

追加検査を数週間行った後で医師から告げられたのは、ビリヤードをやっている最中に発作が起きた（だから白い点が見えた）ということだった。その発作が原因で脳が腫れ、脳神経にひどい損傷をもたらしたのだという。3回目のゲームで7番ボールを落とそうとしていたときには、すでに視力のほとんどが失われ、左半身の筋力も半減していたらしい。

僕は医師に尋ねた。

「これからどうなるのですか」

それから数週間、脳の腫脹を抑えるためにステロイド剤を使った薬物療法の治療を受けた。秋に新学期が始まる前にステロイドが効いてくれればという淡い期待を抱いていたのだ。ステロイド治療は突然へそを曲げた腫瘍が伝えてくるメッセージよりもタチが悪かったが、教室に戻ることを考えたら、治療を続けたいという意欲が湧いてきた。しかし効果は見られないまま数週間が経過し、僕は思いきって担当眼科医に視力が回復する見込みはあるのかと尋ねた。医師は、「そうですね、希望は必ずあります」と煮え切らない調子で答えた。「でも今の状態に慣れた方がいいかもしれませんよ」

お先真っ暗とはこのことだ。他の医師たちもみな同じ意見で、次の発作が起きれば完全に失明し全身麻痺になる可能性が高いと告げられた。

人生とは何なのだろう。失明？　がん？　全身麻痺？　そのときは何も考えないようにしていたと思う。何も理解できなかったのだ。

わかっていたのは、仕事に戻りたいということだけだった。生徒たちは僕を必要とし、僕も彼らを必要としていた。学ぶべきことがまだたくさん残っていたし、学校に戻る準備はできていた。がんなんて知るか、来年度の授業計画も立て終えていたのだ。前年度に成果のあった講義内容には具体的に手を加え、成果のなかったものは除外していた。上級英語のクラスでは、『ライ麦畑でつかまえて』『カッコーの巣の上で』『シッダールタ』に加えて、アーサー・ミラーの『セールスマンの死』とテネシー・ウィリアムズの『欲望という名の電車』を付け足すことにしていた。生徒たちにいずれかの戯曲の一場面を演じてもらうのもいいかもしれない。大学レベルの英語クラスでは、「ゲティスバーグ演説」とマーティン・ルーサー・キング・ジュニア著『バーミングハム刑務所からの手紙（未邦訳）』（原題 *Letter from Birmingham Jail*）に加えて、当時出版間近だったデイヴ・バリー著『狂気の街（未邦訳）』（原題 *Insane City*）からの一節を選んでいた。舞台が南フロリダなので生徒たちが親近感を抱けると思ったのだ。おまけに教室に飾るために文学作品などの引用句が入ったポスターを数枚入手し、新学期初日に履くためのドクターマーチンの靴も新調したばかりだった。
後はただ、この逆境を克服し、残りの夏を乗り切るだけだ。

15　どん底

同年8月、僕の40歳の誕生日を祝うため家族でメキシコへクルーズ旅行に出かけた。数カ月前から計画していた旅行だったが、あまり良いタイミングとは言えなかった。僕は右手だけで靴紐を結んだり、歯磨き粉のキャップを開けたり、ズボンのボタンを留めることを一から習得しようとしていた時期だった。もう以前のようにはいかないのだ、昔の自分には戻れないのだと思い知らされる日々が続いていた。

鏡の中の自分を見るときほど落ち込むことはなかった。左目に残ったわずかな視力でかろうじて見えるのは顔の半分で、見慣れないはげ頭にむくんだ顔でこちらを見つめ返す自分の変わり果てた姿に、心がざわざわした。

クルーズに出発するまで、少しでも視力と身体の自由を取り戻せたらと願っていた。でも発作から数週間が経っても回復する気配は一切なく、この船旅で身体の不自由さが一層露呈されることとなった。それまで6年間、少なくとも端から見ればいたって普通の生活を続けることで、自分の病気を上手く隠し通してきたという自負心があったのだ。それなのに今は、足が不自由で目がほとんど見えないことを赤の他人に謝っている。

何より家族に申し訳なかった。旅行の計画を立てた兄のジャックは、僕がビリヤードバーで不調を訴えた数カ月前の、前年の春から準備を始めていた。それに一家揃っての家族旅行は母の念願だった。直前に中止となれば母をひどくがっかりさせてしまうことは目に見えていた。マイアミ港から出港するとき、幸せそうに顔を輝かせていた母の笑顔だけは曇らせたくなかった。


出航初日、自分の部屋に向かっていた僕は、シーツやタオルが山積みになった客室清掃係のカートが見えずにそのままぶつかってしまった。カートはガクンと前に進み、床掃除の水を張ったバケツが宙を飛び、周りの壁や床だけでなくカートに載っていたシーツやタオルもびしょ濡れにしてしまった。

カートを押していた係員の男性は、どこに目をつけて歩いてるんだ、とか何とかそれに近いことをブツブツと口にした。彼の苛立ちは当然だ。僕のせいでいらぬ仕事が増えてしまったのだ。僕は自分の不注意が原因でないことを伝えたくて、すぐに謝った。そして謝るとすぐにきびすを返してよたよたと歩き出した。部屋とは逆方向だったが、羞恥心でいてもたってもいられず早くその場を離れたかった。

でもその出来事はほんの序の口で、そんなことが続いてから、何をするにも及び腰になっていた。次第に部屋にこもりがちになり、ひとりで鬱々思い悩む時間ばかりが増えていった。

母は僕が楽しめるようにと精一杯気遣ってくれた。クルーズに出発する前の両親は、僕が病魔に冒されているという現実から目を背けていたように思う。僕の外見があまりに普段どおりに見えたので、脳に爆弾を抱えていることをつい忘れてしまうのは仕方のないことだった。

しかしある晩の夕食中、フォークを使うのに四苦八苦していると父の視線を感じた。片手でしか食事ができないので、船上のビュッフェではナイフかフォークのどちらかで食べられるメニューを選ぶようにしていた。ナイフに突き刺した肉や、ぎこちなくフォークに巻き付けたパスタを膝の上にこぼしてしまう前に、慌てて口に押し込むさまはきっと見られたものではなかったに違いない。父はクルーズから帰ったらナイフとフォークを組み合わせた食器を作ってやろう、と提案してくれた。心遣いがとてもありがたかったが、僕にしてみれば、ひとりできれいに食事するという当たり前のことすら、自分にはもうできないのだと改めて思い知らされただけだった。

旅が進むにつれ、僕は泥沼にはまっていった。眠ろうとしても頭が冴えて寝つけない。脳の腫れを抑制するステロイド剤の副作用で興奮状態が続いていたのだ。ネガティブな思考がひっきりなしに頭をよぎる。失ったものすべてだけでなく、今後の生活について思い悩まずにはいられなかった。この旅が終わったら何をすればいいんだろう。テレビのリモコンを片手に家に引きこもるのか。せっかく長い間頑張ってきたのに、今では不機嫌な態度で自分自身だけでなく家族をも失望させてしまっているじゃないか。

みんなが寝静まったある晩、隣で寝息を立てるポーラを見つめながら、二人の関係が変わってしまった時期を正確に思い出そうとした。愛情面から経済面まで、関係すべてが病の犠牲になったことはわかっている。ここ2年ほどでお互い距離を置くようになっていたのだが、最近では他人のようにすら感じ始めていた。気持ちがすれ違うようになった理由のひとつは、僕が脳腫瘍と診断されてから、僕を見るポーラの目が変わったからだということは承知していた。病人というだけでなく、僕自身が「別人」になったからだ。

がんは僕を精神的にも肉体的にも変貌させた。頭に突然傷痕ができて、頭蓋骨にはチタン製のネジとプレートが埋め込まれ、傷痕を隠す髪の毛すら抜け落ちてしまった。未来や思い出せない過去のことなど考えられず、今のことだけで頭がいっぱいになり、その中だけで生きていた。そのため好奇心が旺盛になっただけでなく、せっかちで落ち着きがなくなった。

言葉にするのは辛いが、ポーラは新しい僕を好きになれなかったのだと思う。彼女の気持ちは無理もなかった。悲壮感を漂わせたり、ステロイドのせいで一貫性のない行動をとったり、僕自身ですら自分と一緒にいるのは耐えられそうにない。今回の旅行で、僕とポーラがなくしてしまったものを少しでも取り戻せればと願っていたが、悲しいかな、僕たちの距離はさらに広がってしまったようだ。

家族はそれに気づかぬ素振りだった。「カーニバル・ファン」と景気の良い名の付いたクルーズ旅行中にいよいよ僕はどん底まで落ちた。お祭り騒ぎで楽しいはずのクルーズだと言うのに、その皮肉は今も忘れられない。

耐えがたいがん治療に6年間ずっと踏ん張ってきたのは、僕を失いたくないと言う、愛する人たちのためだった。でも僕は死を恐れたことなど一度もなかった。目的もなく生きていることのほうが恐ろしかった。わかりきったことだが、がんは僕からすべてを奪い去ったのだ。幸福、威厳、自主性、人間関係、そのすべてを。それじゃ仕事は？

最終日の夜、僕はジャックと一緒に彼の部屋のバルコニーにいた。椅子を2脚置いたら立つ場所がなくなってしまうほどの窮屈な空間に身を押し込めながら、室内に通じるガラス引き戸を背にして、手すりから足をぶらさげていた。18メートル下には海が広がっている。マイアミはもう肉眼で見えるところまで近づいていた。自分の生活に戻ることに怖じ気づきながらも、星空の下でジャックと一緒に海を見下ろしているうちに、気分が高揚してくるのを感じていた。海上を走る船の音に心が安らぐ。どこかに向かって進み続ける限り、その先には楽しみにできる何か、目的や未来が待っているはずだ。僕たちは海流をかき分ける船の音に耳を傾けながら、長い間無言で座っていた。

ジャックは漸く口を開くと、タバコを深く吸い込みながら尋ねた。

「教師以外に何をするつもりだい?」

出航してからの数日間、たびたび思い返していたのは授業で何度も取り上げた故トゥパック・シャクールの言葉だ。

「何分も何時間も、何日も何週間も、さらには何カ月も、起きてしまったことを過剰に分析することもできる。散らばったピースを寄せ集め、こうなりえた、こうあるべきだったと理屈をつけながら。さもなくばピースを床に放ったままで、前に進むことだってできる」

「何をするかって?」僕はジャックに聞き返した。

「ああ。教師を続けられなくなったらどうするんだ」

「そうだな、旅にでも出ようかな」

「どこに行くつもり?」

「教え子たちに会いに行こうと思うんだ」

＊＊＊

２０１２年９月
コーラル・リーフ高校　関係者各位
件名　メナシェ先生の退職

こんにちは。ジェシカ・パッカーと申します。コーラル・リーフ高の卒業生で現在はタフツ大学に通っています。コーラル・リーフでの学生生活は、人生の中で最高の数年間でした。アーティストとしてだけでなく本科生として受けた最高の教育、キャンパス、そしてもちろん素晴らしい職員のみなさんと先生方を忘れることはできません。そしてダヴィード・メナシェ先生は、私がコーラル・リーフ時代に最も影響を受けた人のひとりです。

メナシェ先生に出会ったのは大学レベルの英語クラスでした。授業だけでなく人生について多くのことを学びました。まず先生は素晴らしい指導力の持ち主です。その人柄だけでクラス全員からの尊敬を集めていました。

大半の先生は生徒の気を引こうと、自分の面白いところを見せて友達に近い存在になろうとするか、生徒を律し萎縮させるために厳しく接しようとします。でもメナシェ先生はそのどちらとも違っていました。

自分がどんな人間で、どのように成長してコーラル・リーフで教えることになったのかを話してくれました。授業の初日に横柄な態度をとっていた生徒を教室から追い出し、授業を真剣に受ける気のない生徒はクラスにいる資格がないのだとはっきり示しました。また何よりも、先生自らが文学を愛することで、私たちも文学が好きになりました。素晴らしい師であり友人でした。アドバイスや話を聞いてくれる人、愛のムチが必要なときには、いつも側にいてくれました。生徒たちを近くで見守り、誰かの様子がおかしければその子を廊下に連れ出して「大丈夫か」と聞いてくれました。私たちに大人としての責任を持たせ、人前に扱ってくれました。そうやって接してくれる人が学校にいてくれてとても嬉しかった。

２００７年に卒業してからもメナシェ先生とは連絡を取り合っていて、尊敬の意を込めて今でも先生と呼んでいます。先生のフェイスブックページをご覧になればわかると思いますが、昔の教え子たちが、自分の人生に与えた先生の影響力についてメッセージを書き綴っています。

何より脳腫瘍と闘う先生のひたむきな姿勢は心からの感動を与えてくれます。化学療法の治療を受けた後でも学校に来て、素晴らしい授業をしてくれました。健康状態を考えることよりも教えることへの情熱が勝っていたのだと思います。そして法律上の失明［視力の80パーセントを喪失した状態］となって退職の決意をされたのです。化学療法で髪の毛が抜け落ちたからでも痩せてしまったからでもなく、ましてや気絶や吐き気が理由でもありません。目が見えなくなったからです。それこそまさに生徒を励まし勇気づけてくれる教師の姿ではないでしょうか。

16 ビジョン・クエスト

毎朝目を覚ますと、麻痺が少しでも回復していますようにと祈りながら、電話の受話器に左手を伸ばす。やはり回復はしていないようだ。このまま学校に電話をかけるべきだろうか。その答えが出たのは、クルーズ旅行から帰宅して少し経ったある朝のことだった。持ち上げ損ねて床に落とした受話器を探そうとして、見つけられなかったのだ。

その同日、学校に電話を入れて辞職の意志を伝えた。

「とても残念です。回復されることを願っていたのですが。もし状況が変わったら、いつでも戻ってきてくださいね」そう、そんな感じだった。たった2分間の会話で、人生をかけた仕事は、毎朝まだ辺りが暗い時間に起きる理由は、あっという間に失われてしまった。

詩人のエドナ・ミレイはかつてこう書いた。

「自分が誰かを恋しいと思っているとき、その相手も同じくらい自分を恋しがっているとは言うけれど、今の私があなたを想うほど、あなたが私を想っているとは思えません」

受話器を置いただけで、教えることのない授業や出会うことのない生徒たちを思いもう寂しくなっていた。社会に出てからずっと教師という仕事を愛しそれに打ち込んできたのだ。教壇に立つことは僕そのものだった。

ポーラの職場では新学期が始まり、僕は自宅のリビングルームでたいして見えもしないテレビを日がな一日ぼんやり眺める毎日を送っていた。出かけるにも歩くことすら困難で、不安を抱えてひとり家に閉じ込められているようなものだ。

身体的に他の人に頼らなければならなくなったことで、自尊心は粉々に砕け散った。まるで散歩を待つ飼い犬のように、毎時間、指折り数えながらポーラの帰宅を待つだけだった。屈折どころか、完全に打ちひしがれていた。がんは僕の記憶、自主性、自由、結婚生活だけでは飽きたらず、生徒たちまでも取り上げたのだ。残っているのは？　通院？　治療による終わらない吐き気と倦怠感？

定期検診に行くと、医師から肝不全を発症していると告げられた。原因は腫瘍ではなく化学療法だった。医師は肝不全の治療にはまだ治験レベルだけれど試す価値のある薬があるのだと言う。副作用はあるが腎不全にはならないらしい。「すぐに服用を開始する必要があります」

何が理由だったのだろう。もしかしたら僕の人生を掌握したかのような、彼の見下した態度が原因だったのかもしれない。自分の中にじわじわと昔のダヴィードが現れるのを感じた。僕はきっぱりと言い放った。

「結構です」

医師はためらいがちにこちらを見つめると、険しい口調で答えた。「治療しなければなりませんよ。あなたには必要なんですから」そしてちらりと腕時計に目をやった。

新しい治療の提案にあっさり同意しない僕は、どうやら診察スケジュールを狂わせているようで、医師はあからさまに苛立っていた。悪いね、でもあなたには僕より時間があるはずだ。

心の中で思った。僕に必要なものが、あなたにどうしてわかるんだ。あなたたち医者は6年間ずっと、僕に必要なのは治療だと言い続けてきたけれど、もう効き目がないじゃないか。手足が不自由になって、目が見えなくなったっていうのに。

がん患者における従来の治療方針は、がんが寛解するか患者が亡くなるまで、可能なすべての治療法を試すことだ。僕は6年間黙ってその方針に従ってきた。でもそれもここまでだ。医者の世界が信じていることとは逆行しているけれど、治療を止めることこそ僕には最良の選択で、必要なのは自由だった。注射や点滴や閉所恐怖症にさせるMRI検査から身体的に解放され、体制に逆らって治療を止める選択をする知的な自由だ。

生徒たちには、何にもとらわれない精神と肉体を持ちなさい、と長年教えてきた。ここで自分の教えを守る勇気を持たなければならない。自分の運命に口出しできないならそれで構わない。いずれがんで死ぬことは避けられない。でも薬を使って惨めに生き延びるか否かは選択、僕の選択なんだ。

で、どうする？

「やっぱり結構です。決めるのは僕ですから」

医師はじれったそうに僕の言葉を退けようとした。選択を誤れば自分に死刑宣告をしているのも同然ですよ、といわんばかりだ。確かにそうかもしれない。でもこれほど心が軽くなったのは数年ぶりだった。そしてずっと前に決めた自分との約束を思い出した。腫瘍は僕の過去を奪ったように未来も取り上げてしまうだろう。でも「今」は僕の手の中にある。その言葉を形にするときがやって来たんだ。

殺風景な診察室の中で、残された人生をどうすべきか、はっきりと理解した。生きることを楽しむんだ。本気で生きよう。人生の「意義」を見つけられたのだから、人生の「道」も見つけられるはずだ。そして僕にとってそれは教え子たちを訪ねることだった。

クルーズ船でのジャックとの会話がよみがえる。「教師を辞めたら何をするつもりだ？」とジャックに訊かれ、昔の教え子を訪ねる旅に出たいと答えた。あのときは死にかけた男の戯言にすぎなかった。でも考えれば考えるほど、それが必然だという気持ちが強くなった。不可能なはずはなかった。

これまで幾度も試練を乗り越えてきたのに、何に躊躇しているんだ。人生の最終章の執筆をがんに託すわけにはいかない。幸い僕にはまだ文章が書けるし、病魔の手を煩わせるにはおよばないのだ。僕の素晴らしい人生の物語は15年間の教員生活の中で出会い、共に日々を過ごした生徒たちとの思い出ばかりだ。その続きを知るために、できる限り多くの教え子たちに直接会いに行けばいいじゃないか。彼らのその後の物語を辿る旅だ！　それをがんに邪魔されるなんてありえない。

僕はいじめっ子に屈したことなど一度もなかった。通っていた高校は荒れていて、間違った廊下を通れば、そこにたむろしている不良たちにボコボコにされることは知っていた。だからと言って、僕が別の廊下を通るわけでもなかった。一度その廊下を歩いていたら、校内で幅を利かせているラテン・キングスというギャング集団のメンバーたちが手ぐすねを引いて待っていた。こちらをにらんでいることに気づいたが構わず歩いていると、メンバーたちは僕を呼び止めてからんできた。「ここに何の用だ？　お前、けんか売りにきたのか？」

それまでの経験上、弱腰を見せれば袋だたきにされるとわかっていたので、逆のパターンに出ることにした。そしてその場に座り込んでこう言い返してやった。「動かせるもんなら動かしてみろ」

それはつまりギャングへの挑戦で、これまでしでかしたことの中でも一番愚かな行動だったかもしれない。すると身を守るすきも与えないまま、ギャングのひとりが僕の身体をずるずると引きずり始めた。僕にはその行動があまりに突飛で滑稽に思えた。思わず声を上げて笑い出すと、他のメンバーは互いに顔を見合わせた。どうすればいいのか、わからないようだった。そして一人ずつ、つられるように次々と笑い出し、僕を引きずっていたギャングはとうとう立ち止まって隣に腰を下ろした。

「ちっちゃいの、おまえ、名前は？」

「ダヴィード」

「なあ、ダヴィード。おまえ、チビのくせにたいした野郎だな」

あのときの大した野郎はどこにいるんだ。がんよりギャングの方がよっぽど脅しが利くじゃないか。だったらがんの足元に座り込んで、動かしてみろ、と言ってやればいい。僕はすべての治療を止め、旅に出ようと心に決めた。明るく健全に目的を持って生きること。それが自分で見つけた治療法だ。

いつまで続けられるかは重要ではない。大切なのは自分の時間をいかに過ごすかだ。この広大なアメリカを旅しながら、ずっと行ってみたかった場所を訪ね、人生を豊かにしてくれた人たちに会いに行こう。15年以上の歳月の中で、教え、愛した人たち。僕を愛してくれる人たち。つまり教え子たちだ。互いに学ぶ場所は教室でなくてもいい。僕は自分の物語を伝え、彼らの物語に耳を傾けよう。もしかしたら失った記憶を取り戻せるかもしれないし、新しい思い出を作ることだってできるはずだ。それに何より知りたいことがあった。僕は彼らの人生に影響を与えることができただろうか。

もし無事に戻って来られたら、旅の思い出を文章に綴ろう。あらゆる逆境や困難に立ち向かっている人たちに、目的があれば生きがいのある人生を送れるのだと伝えるために。人生をどう生きるは本人次第だ。

「まともじゃないわ」旅の計画を聞いてポーラは開口一番に言った。「目が悪くて歩くこともままならないのに、どうやって旅をするつもりなの。治療はどうするの」

「全部止めることにしたよ」

「つまり自殺行為ってことね」

「そうじゃない。生きることを選んだんだ」

そのとき、一歩進めたのだと思った。自分は死ぬのだとやっと心から確信するようになった。医師全員からそう告げられていたし、脳腫瘍に関する統計データも読み漁った。データによれば6年間生存していられるのは運のいいほうで、僕はもうじき7年目に入ろうとしていた。がんは再度僕にパンチを食らわせ、今過ごしている時間は余生なのだとはっきり伝えてきたのだ。漸く理解した。僕は死ぬ。

大半の人は人間に死はつきものだと思っていて、深く考えることはない。そして人生が無限であるかのように毎日を生きる。いつだって明日、つまり友人に連絡したり、両親に電話で「愛してる」と伝えたりする時間はあるのだと思っている。僕もそうやって生きてきた。最初にがんが発覚した後ですら、数え切れないほどの明日が待っているかのように生きていた。

でも人間は自分の死を確信しそのときを迎える心の準備ができたとき、初めてどう生きるべきかを学ぶのだ。まさに人生のほろ苦い教訓だ。どう生きるべきかを学んだところで死を迎えるのだから。でもそこにはたくさんの思いがけない美しさがある。空にさんさんと輝く太陽は喜びに変わり、花は瑞々しい生命力を湛え、頬をなでるそよ風に何か崇高な存在を感じる。

自分を定義してくれるのはもはや職業でも行いでもない。何を与えるか、そしていかに愛するかによって見極められるのだ。僕にはそれが良い死の迎え方であるように思えた。

僕はこの旅を「ビジョン・クエスト」と呼ぶことにした。それから友人たちに計画を伝え、出発日を11月に決めた。かつて生徒たちに教えたように、この旅を通じて生徒から導きを請おう。実際、手を引いてもらわなければならない。

砂漠や河川、何マイルも延々と続く道を越えて、新しい友達を作り、ケルアックやホイットマンが著したアメリカをこの目で確かめるんだ。最西部はイリノイ州までしか行ったことがなかったが、教え子の中には、アリゾナ、テキサス、オレゴン、ワシントン、カリフォルニアに住んでいる子たちもいる。太平洋で泳ぐ、という長年の夢ももしかしたら実現できるかもしれない。

新しい目的を見つけ、たった一晩で気分が一変した。治療で体内に溜まっていたステロイドが排出されて、数年ぶりに体調が良かった。旅路で宿泊先に困らない自信はあったが、教え子たちにどうやって連絡を取ればいいだろう。卒業後も連絡を取り合っている子たちは大勢いたが、コーラル・リーフ高で教えた生徒の数は三千人以上だ。その全員とコンタクトを取る方法はないだろうか。

僕はフェイスブックを開いて投稿した。

コーラル・リーフ高校ファミリーのみんなへ

みんなと過ごした日々に感謝しているよ。君たちは僕の人生に誇り、目的、喜び、充実感、そして意味を与えてくれた。君たちの人生にほんの少しでも関われたことを心から光栄に思ってる。誰かの涙腺が緩む前に、僕の計画を伝えさせてくれ。旅に出ることにしたんだ。ヒッチハイク、バス、列車（そう、杖もね）で全米を移動しながら、太平洋まで向かうつもりだ。だからみんなが今住んでいる場所を連絡してほしい。それからソファで一晩泊めても構わないっていう場合もね。

投稿してから2日間で、全米50都市から返信や招待が届いた。

「アトランタに泊まれるよ！」

「ニューヨーク州のシャーロッテにいます。いつでも来てね！」

「ボストンカレッジ！」

「ヴァージニア在住で、我が家には来客用ベッドがあります。遊びに来てほしいな」

「メナシェ先生！！！　私はサンフランシスコにいます。着いたら連絡ください」

「アシュビルに着いてから一緒に考えましょ」

教え子たちから届いた溢れんばかりの愛情と宿泊先を提供してくれるというたくさんのメッセージにすっかり圧倒された。

がんと宣告されたとき以来、感情的になったのは数回程度だったが、その晩はメッセージを読みながら久しぶりにぼろぼろ泣いた。感謝と喜びの涙だった。自分が育て、涙や笑顔を分かち合った子どもたちが、僕にお返しをしてくれようとしている。美しい人生をすでに与えてくれたというのに。

その後の数週間は、宿泊先の申し入れを確認して相手に連絡をしたり、旅の経路を決めたり、スケジュールを立てたりしながら過ぎていった。友人のハイディ・ゴールドシュタインは、旅の資金を集めるために募金を呼びかけるウェブサイトを立ち上げてくれた。スケジュールを立てるのは骨が折れたが、身体の中に精気がみなぎってくるのを感じていた。

目の前にあった霧が晴れ、意識が覚醒していくような感覚だった。

それからパソコンを入手して、音声認識機能の使い方とキーボードを片手で打つ方法を覚えた。旅行中の気候の変化に合わせて必要な装具についても調べた。今のワードローブはフロリダのように年間を通じて温暖な場所にしかそぐわない。ミネアポリスやシカゴの凍えるような寒さにも負けない厚手のジャケットと手袋が必要だ。手荷物はバックパックひとつに納めたかったが、なかなか難しそうだった。

旅の計画ひとつひとつがチャレンジだったが、友人や教え子たちからのメッセージにいつも励まされた。

教え子のニッキ・マルティネスからはこんなメッセージが届いた。

「先生が私の人生に影響を与えてくれたように、どうか私も自分の生徒たちに影響を与えられますように。先生が教えてくれたこと、そして今でも教えてくれることに感謝しています。私が受け持つ生徒たちには必ず先生の名前を紹介して、先生が私の教養を広げてくれたのだと伝えます。楽しい冒険の旅となりますように。どこを旅していても、私やみんなが先生の無事を祈っていることを忘れないで」

9月下旬になって、本番前の予行演習を兼ねてニュージャージーに住む友人に会いに行った。まずは飛行機でニュージャージーに行き、そこから列車に乗ってジャックの待つニューヨークへ向かった。地下鉄で転んで腕を骨折したことを含めて、小旅行は災難続きだった。帰宅してからその感想を写真付きでフェイスブックに投稿した。

「本番前にニューヨークとニュージャージーに行ってきたよ。必要な装備や僕自身についていろいろわかったことがあった。装備に関して言えば、9キロのバックパックは思っていたよりも重すぎて扱いづらい。それに不自由な身体で移動しながら旅を満喫するには、もう少し集中力と自制心を持って身体を動かす練習が必要だってことにも気づいた。例えば歩行中はなるべく障害物を避けて、転ばないように注意しなければ右腕を骨折しかねないとかね。それでいいんだ、どのみち左手の練習が必要だったから」

するとと応援の声がどっと押し寄せた。

「骨折の腫れやアザは個性だ。そのまま頑張って！」

「傷痕があると女にモテるよ」

「メナシェ先生ならできるよ！」

今回の小旅行で起きた出来事を軽く受け流そうとしたが、実を言えばかなり心がざわめいていた。飛行機を多用した短期間の移動も思いどおりにいかないのに、列車やバスを乗り継ぎながら30都市以上を周ることなんてできるんだろうか。部屋中を歩き回りながら、長旅で遭遇するだろう障害や困難を想像し、家にポーラを残していけばどんなことになるのだろうと思いを巡らせた。ポーラは僕の誘いを断っていたのだ。「人生に求めているものがお互いに違うんだと思うの」と。

数日後にフェイスブックをチェックすると、教え子のひとりがハーパー・リーの名作『アラバマ物語』からの一節をメッセージとして残してくれていた。彼女は知らなかったはずだが、僕の大好きな引用だった。

「おまえに本当の勇気を知ってもらいたかったんだ。銃を手にしている男は勇気の象徴じゃないとわからせたかった。勇気とは、何かを始める前から自分の負けを知りつつも諦めず、何があっても最後までやり遂げることだ」

ポーラは正しかったのだ。僕たちは互いに違うものを求めていた。彼女は彼女で家事とペットと仕事のためにマイアミに残る必要があったのだ。そして僕は僕自身を取り戻し、旅に出る必要があった。

ビジョン・クエストは1カ月後に迫っていた。今行かないでいつ行くんだ。先延ばしにしたって、もっとマシな明日が待っているわけじゃない。脚は痛むけれど、まだ歩ける。いつまで歩けるのかなんて誰にもわからない。頭をよぎる言い訳は全部無視して、最後までやり遂げるんだ。

17 出発

スケジュールどおりの11月1日金曜日、僕はバックパックを背負い、先端が赤く塗装された白杖を片手に、ポーラに別れのキスをして、マイアミを出発した。

当初のプランでは、まず42番のバスでメトロレールの駅まで向かい、そこから僕のために壮行会を開いてくれるという生徒たちと合流するため、彼らの待つタラハシー行きの列車をつかまえるつもりだった。ところがありがたいことに、幼なじみのヒラリー・ガーバーがちょうどタラハシーの友人に会いに行くからと、車に同乗させてもらえることになった。

高校時代のガールフレンドだったヒラリーとは学校を卒業してからも連絡を取り続けていた。彼女は医者ということもあり、道中では骨折した僕の右腕を気遣ってくれた。ヒラリーの愛車、マツダ製の青い車の後部座席にバックパックを放り込み、最後にもう一度、家の玄関先の手すりにちらりと目をやった。以前ペンキで書いたディラン・トマスの詩だ。

「あの快い夜のなかへおとなしく流されてはいけない／死に絶えゆく光に向かって　憤怒せよ　憤怒せよ」

そのとおりやってのけるつもりだった。旅の途中でこの命は果ててしまうだろう。治療をしなければ明日の命さえ危ういのだと医師から告げられていた。でもおとなしく流されるつもりなどなかった。

「それで、いよいよ旅に出発した感想は？」ヒラリーはハンドルを握りながら僕にそう尋ねた。

「興奮してるけど不安でもある。旅先でまだ決まってないことが多いんだ。でも『やっと出発できた！』っていう気持ちだね。準備中はいろんなことを楽しみにしたり、プランを立てたり、考えなくちゃならないことが山ほどあったから。こうして本当に出発するまでは頭の中で想像するしかなかった。これからは実際に記憶にとどめることができる」

マイアミからタラハシーまでは約８００キロの道のりで、そのほとんどがハイウェイだ。有料高速道路に入り一路北上する車中、長い間忘れかけていた鋭気のようなものを感じていた。最初の目的地に到着できなかったとしてもこうして出発できたんだ。僕はがんになど屈していなかった。

マイアミとタラハシーの中間地点辺りにさしかかり、出発してから運転しっぱなしだったヒラリーの休憩を兼ねてオーランド近郊のレストランで食事をとることにした。それからふとした思いつきでフェイスブックにこう投稿した。

「やあ、みんな！　僕はオーランド市内の『ベル・アイル・バイユー』というレストランに到着したところだ。そこで待ってるよ！」

投稿した後、念のため5人用のテーブルを予約しておいた。ところが2時間も経たないうちに、人が続々と集まり始め、結局店を貸し切ることになった。近くにあるセントラルフロリダ大学に通う昔の教え子たちや、同じく会いに来てくれた若い頃からの友人らの顔を見て、自分は本当に幸せ者だと感じずにはいられなかった。

その晩、「今のところ最高！」と投稿すると、生徒のひとりから返信があった。「これは何のための旅なの？　がんに対する意識向上とか？　それに目が見えなくて一人旅なのにどうやって運転してるわけ？」僕はこう返信した。「ニック、まだ僕の運転のほうが君のスペリングよりマシだよ。移動手段はバスか列車かヒッチハイクを予定してる」

初日から、たとえ教室でなくても教えることは変わらない、と学んだ。

オーランドを出発し、無事タラハシーに到着すると「クラブ・エピソード」という店で大勢の生徒たちが待ってくれていた。店はコーラル・リーフ高の卒業生が多数通っているフロリダ州立大学からほど近い場所にある。

店内に入ると、待っていた全員が同じTシャツを着ているのが目に入った。Tシャツには、手術用マスク姿で化学療法の治療を受けながら中指を立てている僕の写真と、「ダヴィード・メナシェ・ビジョン・クエスト」というタイトル、その下には「ガンなんかくそ食らえ」という言葉の上に弧線のついたメッセージがプリントされている。僕の気持ちそのものだ。その晩の気温は約4度とフロリダらしからぬ肌寒さだったが、店内を満たすみんなからの愛情が僕を温めてくれた。

「メナシェ先生、調子はどう?」

「何とかやってるよ!」

「会いたかった!」

「僕のほうこそ会いたかった!」

「先生は今まで習った中で最高の先生だよ!」

「みんな愛してるよ」

数人の教え子たちと昔話に興じていると、ある女性の姿が目にとまった。知っている顔だが、誰なのか思い出せない。しばらくして側に行って話しかけてみることにした。後ろからぞろぞろと生徒たちの一団がくっついてくる。「ジェニーよ」女性はそう言って、僕はひとしきり考えてから叫んだ。「まさか! ジェニー・アルムスじゃないか!」

ジェニーと初めて会ったのは、僕たちがまだ7、8歳の頃で、フロリダ州ミラマー市内にあるイスラム寺院のヘブライ語学校の同級生だった。ジェニーは中1の半ばで引っ越したが、僕たちは翌年にヘザー・ブラウンのバート・ミツバーで再会し、そこでキスをしたのだ。

「あの夜のことはずっと覚えてるよ！」僕がそう声を上げると、周りに生徒たちが集まってきた。

「私も覚えてる。ファーストキスの相手だもの！」

「ファーストキス⁉　本気で？」

「ええ、そうよ、本気で」

教え子たちのリアクションを見ながら、『モンティ・パイソン』の「ちょんちょん」というコントを思い出していた。恩師の恋愛話ならいくらでも知りたいとばかりに、僕とジェニーの会話に耳をすましている。

他にも昔からの友人が顔を見せてくれた。僕とジェニーが思い出話に花を咲かせていると、僕が子どもの頃に隣の家に住んでいたブルーバードが店内のステージに現れたのだ。今やラッパーとなったブルーバードは教え子たちに向かって、恥ずかしい昔話を立て続けに披露し、あっという間に暴露大会が始まった。どれも生徒たちが現役だった頃には知られたくなかったエピソードばかりだ。

「こいつは爆竹で俺のダチの靴を吹っ飛ばしたんだよ。『お前なら膝パッドなしでランチランプ「スケートボード用のU字型設備」を飛べる』って吹き込まれたこともあったな。それから俺の兄貴より気が長かったらしくて、いつも俺を鍛えてくれてた。例えばスパーリング用のパッドをつけて俺をボッコボコにしてくれるとかね。俺の身体に枕をガムテープで巻きつけて、木刀から身を守る方法を教えてくれようとしたこともあった。それに俺の先生でもあったな……まあ俺が知ってるこいつは、若気のいたりもほどほどにしてくれって感じだったけどさ」

その晩は夢のようなひとときを過ごした。店に入るまでは、教え子らがどんな反応をするかと心配だったのだ。ほとんどの子は、髪の毛がふさふさで自信満々に闊歩する健康体の僕しか知らない。それが今では、白杖を片手に足を引きずりながら歩いているのだ。生徒たちには僕が気の毒だという思いをさせたくなかった。みんな、弱々しくなった僕の外見にショックを受けていたとしても、まるで気づいていないように振る舞ってくれている。みんなの愛情と自分を尊重してくれている気持ちに胸がつまった。

楽しい時間はあっという間に流れ、気づけばもうお開きの時間になっていた。店を出る用意をしていると、一人の生徒が駆け寄ってきた。心配そうに顔を紅潮させている。

「先生、たいへん！　警察が来た！」

「大丈夫、心配ないよ。僕にまかせて」

店の外に出ると、ちょうど警官たちがパトカーから降りようとしているところだった。

「何か問題でもありましたか」

「いいえ」警官のひとりが答えた。「私はロバートといいます。先生は覚えていらっしゃらないと思いますが、10年前に学校の手違いで先生の上級英語クラスにいたことがあるんです。普通英語クラスに戻るまでの数日間だけでしたが、先生のことはずっと覚えていました。こちらにいらしていると聞いたので、会いに来たんです。一緒に写真を撮ってもらえますか」

ロバートのことは覚えていなかったが、彼の顔をもう一生忘れることはないだろう。

パトカーが走り去ると、駐車場にいた生徒たちが僕の周りに集まった。みんな名残惜しそうだったが、翌朝早くにニューオーリンズへ発つ予定だった。

「今夜ソファに泊めてくれる人はいるかな?」

全員の手が上がった。

＊＊＊

覚えているのは、子どもの頃ランチタイムにいつもダヴィードに追いかけられながら、テーブルの周りを逃げ回ったことです。私の記憶が正しければ、確か、私をくすぐって「キーキー」言わせたくて、追い回していたのだったと思います。それで「キーキー」というあだ名で呼ばれるようになったんです。大人になった後もそのあだ名で呼ばれるたびにダヴィードのことを思い出しては笑顔になっていました。

今回、彼に会いに行ってよかった。大人になったダヴィードを深く知ることができました。人生を無駄にせず困難に立ち向かいながら、そんな生き方をしようと周りの人たちにエールを送るダヴィードが、みんなに愛され尊敬されている姿を見て嬉しかった。

別れの間際はさすがに気が重くなりました。もっと話す機会をたくさんつくっておけばよかったと思いました。でもほんの数時間でしたが、長い歳月をこえて久しぶりにゆっくり話せたことに心から感謝しています。別れ際には彼のほおにキスをして、さよならのハグをしました。

——ジェニー・アルムス
ノヴァ・ミドル・スクール
フロリダ州デビー

18 ニューオーリンズ

ニューオーリンズには以前から興味があった。何せ「サザン・デカダンス［『南部の退廃』の意］の街」を自称する都市だ。世界中から最高のジャズ・ミュージシャンが集まる音楽フェスティバル、ガンボやジャンバラヤ、街中には路面電車が走り、付近にはミシシッピ川が流れる。おまけに「ダーティー・リネン・ナイト」というアートイベントが開かれると聞けば、好奇心をそそられずにはいられないし、学べることがたくさんあるように思えた。それに少年時代に憧れた『ハックルベリー・フィンの冒険』を、マーク・トウェインが執筆した町も近くにある。

元教え子で市内のロヨラ大学に通うメリッサ・ゴメスが、ルームメイトたちとシェアしている家のソファを宿泊場所として提供してくれた。メリッサの申し出に最初はどうしたものかと迷っていた。高校時代の彼女は神経質で傷つきやすい繊細な少女だったと覚えていたので、病を患った僕の現実を見せて負担をかけたくなかったのだ。フェイスブックを通じて今の自分を知っているとはわかっていたが、ボーイフレンド絡みの悩みからＳＡＴ

［大学進学適性試験］のことまで、昔は何でも相談した恩師の頼りなげな姿を受け入れられるのか心配だった。けれどこの旅に出たのは、失った記憶を取り戻し、生徒たちの人生に影響を与えられたかどうかをこの目で確かめるためだ。僕はメリッサの申し出を受けることにした。

再会して半日も経たないうちに貴重な教訓を得た。人は本当に変わるものなのだ。

メリッサは自信なさげな女子高生から、人生の目標とビジョンをしっかり見据えた大人の女性へと成長していた。

それよりもっと驚いたのは、僕の授業中に訪れたという人生のターニングポイントを具体的に覚えていたことだった。

「すべては先生から始まったの」メリッサはそう言うと、高校2年生当時の話を始めた。

それはある朝のことだった。まだ始業ベルが鳴らない時間に、メリッサがパニック状態で教室に駆け込んできた。大学の入学願書の提出期限日だというのに手つかずのままだという。僕はその日の担当クラスに自習の読書課題を出してから、メリッサと一緒に願書に必要事項を記入して、願書に添付するエッセイのテーマについて放課後まで話し合った。

「入学願書を締め切りまで放っておくなんて、大学受験する資格もないんじゃないかってものすごく緊張して不安だった。でも先生が私にはその資格があるって思わせてくれたの。ささいなことに聞こえるかもしれないけど、今の私があるのはあのときのおかげ」

メリッサは探究心が強くなったようだった。18歳で親元を離れ、家族も友達もいない見知らぬ土地で生活しながら、人生を切り拓き、たくさんの友情を育てていた。大学3年生になり、卒業後は社会福祉についてさらに学ぶため、ルイジアナ州立大学の大学院に進学するつもりだという。かつてひどく臆病だった少女は、利他的な精神に溢れた地に足のついた女性になっていた。

「人を助けることに人生を使いたいの。先生が私たちを助けてくれたみたいに。だから家に泊まりに来てほしかった。私の人生の進路に道を示してくれたのは先生だから。この旅で何かお手伝いがしたかった」

その後の2日間、メリッサは市内を案内してくれた。僕たちはセント・チャールズ・アベニューからフレンチ・クォーターに向かう路面電車のツアーに乗り込み、歴史的に有名なフレンチメン・ストリート沿いにある名高いジャズクラブを訪れた。でも一番感動したのは、メリッサが僕を彼女の新しい人生に迎え入れ、ニューオーリンズで知り合った友人たちに紹介してくれたことだ。個性派揃いの友人たちの中でも一番興味を引かれたのは、ゴート・カーソン牧師という人物だった。

ゴート牧師の名を耳にするのは初めてだったが、ニューオーリンズでは彼の名を知らない者はいないに等しかった。地元では伝説的な存在で、ベージュ色のペンキがはがれかけた、部屋の中には壁や敷居のない質素な小屋に住んでいた。その近隣には7年前に街を直撃したハリケーン・カトリーナの残した瓦礫がまだあちこちに散乱していた。

ゴート牧師に出会った経緯をメリッサが渋々話してくれたのだが、僕はそれを聞いて一瞬固まってしまった。以前、彼女の家で棚から物が落ちたり夜中にドアが突然バタンと閉じたりという不可解な現象が続いていたのだという。現象はなかなかおさまらず、メリッサたちは恐怖で眠れない夜が続いた。その話を地元の友人に相談したところ、ゴート牧師の名前があがった。ネイティブ・アメリカンのチェロキー族のメディスンマンでありシャーマンであって、悪霊の取り憑いた家を除霊できるとのことだった。

そして早速ゴート牧師に除霊を依頼すると、彼はメリッサたちの家を訪れて儀式を行った。どうやらそれが功を奏したようで、おかしな現象はぴたりと止んだそうだ。

「ぜひ彼を紹介したいの」と言うメリッサに「新しいことはいつだって大歓迎だ」と僕は答えた。

僕たちが訪ねると、玄関先に現れたゴートは赤のレザーパンツと、きらきらした飾りのついた赤のカウボーイハットという出立ちだった。聞けば年齢は68歳ということだったが、腰まで伸びたボサボサのポニーテイル姿に実年齢よりも年を重ねているような印象を受けた。様々な経験をしてきたのだろうと思わせる風貌だったが、いつわりのない人間味を感じさせる好人物だ。会いに来て良かったと心の中で思った。

マイアミでゴートのような人物に出会うことはまずない。家の中は彼自身の人生を物語る装飾品で溢れていた。過去の面影を宿した品々のほとんどは壁に飾られていた。伝説のミュージシャン、ドクター・ジョンと一緒に写った写真。もう一枚には、ゴートが1992年のアメリカ大統領選挙戦への出馬時に演説台に立った姿が写っている。ネイティブ・アメリカン・ミュージック・アワード最優秀朗読レコーディング賞の受賞トロフィー。ドクター・ジョンのグラミー賞受賞アルバム『シティ・ザット・ケア・フォーガット』への楽曲提供を記したライナーノーツ。そして何より英語教師である僕の関心を引いたのは、ゴートが執筆した『シャロウ・グレイブス』という本だった。

リビングルームに数枚敷いてある毛皮の敷物の上に腰を下ろすと、ゴートは彼が呼ぶところのハープ（バッファローの頭蓋骨に弦を張った楽器）を手に取り、オリジナルの曲を聴かせてくれた。その途中で、最近身体が痛むのだが原因がわからないのだと顔をしかめながら語った。僕ががんと今回の旅の話をすると、ゴートは検査の結果を待っているところで、痛みの原因がもうじきわかるはずだと教えてくれた。

そしていつの間にかゴーティー（と友人らに呼ばれているそうだ）は、僕に「お清め」をし始めた。大きな肩パッドが入った、ちらちらと輝く赤いジャケットを僕の肩にかけると、僕が座っていた周りを鷹と七面鳥の羽根で取り囲んだ。それからマリファナとセージを混ぜたものをくるくると紙で巻いてから火を点け、部屋の中で大きく振り回した。カトリックの司祭が祭壇を清めるためにお香の入った振り香炉を振るように、ゴートは火の点いた紙巻きを振って部屋中に煙を行き渡らせながら、ネイティブ・アメリカンの言葉でチャントを唱えた。

ゴーティーによれば、このジャケットはこれから旅を続ける僕の鎧なのだという。鳥の羽根は邪悪なものを退け、幸運を呼び込むお守りだ。煙は僕の周りにいる不穏な魂を取り除き、チャントは僕を清めてくれるそうだ。声に出しては尋ねなかったが、おそらくがんを清めるまじないなのだろう。少なくとも僕はそう願っていた。

それから僕たちは一緒に紙巻きを吸った。以前、日常茶飯事になっていた吐き気を抑えるために、デューク大学病院の医師から医療用の合成マリファナを処方されたことがあったが、天然のマリファナのほうが効くようだ。すると、これも儀式の一部なのだとゴーティーが言った。僕は固定観念にとらわれたりしない。助けようとしてくれる相手の流儀に偉そうにとやかく口をはさむ必要はなかった。

ニューオーリンズで過ごす最後の日、メリッサがミシシッピ川のほとりに連れて行ってくれた。僕たちは川辺に座って長い間話をした。しばらくしてから、メリッサは付き合っている恋人の話を打ち明けてくれた。その男性と知り合った頃、彼はドラッグとアルコール依存のリハビリ治療を終えたばかりで、付き合い始めてから今までとても良い関係を続けてきたという。でも最近になって、彼が薬や酒に手を出しているのではないかと疑い始めていた。

「どうすればいい?」

「もしまた手を出しているようだったら、彼は病人なんだと理解して治療を受けさせることもできるし、もしくは彼と別れてもっと楽しいことを見つけることだってできるよ」

するとメリッサはにっこり笑って言った。

「究極の選択ってことでしょう? とことん付き合うか、きっぱり別れるか」

「そうだね」僕は頷いた。

「もしまた手を出してたら、別れるわ」

「それは賢明だ。偉いよ」

「私も先生を偉いと思う。長い闘病生活を送ってきたんだもの。勇敢だわ」

「ありがとう。でも本当は人生の期限がとうに過ぎてる気がして怖いんだ」

「そっか、でもこれが最後って言われても何度も乗り切ってきたんでしょう? って言ってみただけ」

メリッサがつらい思いをするのを見たくはなかったが、教室を離れた今でも彼女が僕を信頼しアドバイスを求めてくれることがとてもありがたかった。けれどそれ以上の収穫だったのは、僕自身も病気の悩みを告白できるほどメリッサに信頼を寄せていたことだ。昔は腫れ物に触るかのようにこわごわと扱わなければならなかった少女が、今では僕を励ますほど芯の強い女性になっていた。

傾きかけたオレンジ色の夕日が、ゆったりと流れる川面を照らしている。その水筋は果てしなくどこまでも続いているような気がした。ハックルベリー・フィンと友人のジムにとってミシシッピ川はまさに生命線であり、自由な土地へと運んでくれる原動力だった。

そして僕も川面を見つめながら彼らと同じ気持ちを味わっていた。慣れ親しんだ生活に別れを告げ、運命に向かって旅を続ける僕は自由だ。そして生きている。とまあ、言ってみたいだけだ。

19 モービル

アラバマ州の人里離れた土地で、降りしきる雨の中、ヒッチハイクをしながらこのうえない孤立感を味わっていた。まずアラバマにいること自体が予定外だった。その前日、まだニューオーリンズにいた僕は、運転手役を買って出てくれたメリッサの車で約6時間をかけ、次の目的地だったアトランタまで向かうはずだった。ところが何がどうしてそうなったのか一生わからないと思うが、一路北へ向かったものの土砂降りの雨と暗黒のような河川の入り江に方向感覚が狂ったのだろうか。ルートを修正しようとカーナビを使おうにもGPSシグナルがまったく届かず、7時間以上のドライブの末に到着したのはなんとテネシー州だった。

再び7時間をかけてニューオーリンズに戻らなければならなかったメリッサは翌日に仕事を控えていたにもかかわらず、行けるところまで行ってくれた。そして車がアラバマ州モービル市北部の片田舎にさしかかったところで、道路沿いにモーテルの赤いネオンサインの点滅を見つけると、気乗りしない顔で僕を車から降ろした。夜もだいぶ更けていたので、僕としては枕を使って眠れることがありがたかった。

翌朝目を覚ましてから気づいたのだが、宿泊した部屋には悪臭が立ちこめていた。擦り切れたシーツに汚れたカーペット、そして洗面所のシンクにはタバコの灰が落ちていた。でもそれ以上に面倒な事態が僕を待ち構えていたのだ。

モーテルのフロントデスクで道を尋ねると、デスクにいた女性は青いアイシャドウが落ちるのも気にせず寝ぼけ眼をこすりながら僕の質問に少し考えてから答えた。最寄りの駅やバス停は何キロも先にあって、移動するにはタクシーを呼ぶしかないのだという。

「まあ、がんばりな！」

僕はバックパックを背負って、小型のキャリーバッグと杖を手に取り、モーテルを出てそのまま道路へ向かって歩き出した。

杖を片手に足を引きずりながら親指を挙げても、誰にも車を止めてもらえないこの屈辱感をおわかりいただけるだろうか。こんな姿の僕が危険人物に見えたとでも？　悔しくて、歩き疲れて、浮浪者になった気がしているとふいにひらめいた。これでツキを変えられそうだ。

治療に専念していた頃は吐き気を抑え食欲を維持するために医療用マリファナをたまに吸っていたのだが、ニューオーリンズで知り合った人がくれたマリファナの紙巻きを1本、何かあったときのためにとバックパックの中に大切にしまっておいたのだ。誰かとシェアするのは気が進まなかったが、ヒッチハイクの交渉に使えるかもしれない。無事に車に乗せてもらえたら、吐き気は我慢するしかないだろう。

びゅんびゅんと猛スピードで車が走り去る沿道に立ち、バックパックから紙巻きを取り出して火を点け、それを持った手を掲げた。

するとたちまち大きな急ブレーキの音が鳴り響いた。車道の前方を振り返ると、赤いセミトレーラーがエンジン音を轟かせながら停車している。助手席のドアがパッと開き、中から叫ぶ声がした。

「それ、シェアすんのか?」

やっとのことで助手席に乗り込むと、運転席には40~50代だろう、ひょろりとした痩せ型の男性が座っていた。ベースボールキャップの下から脂ぎったブロンドの髪をのぞかせている。男性は僕の手にある火の点いた紙巻きを見るとにたっと笑って言った。

「俺はテディ」僕は紙巻きを彼に手渡しながら応えた。

「僕はダヴィード。よろしく、テディ」テディは紙巻きを一口深々と吸い込んで、ギアを入れ替えると車を発進させた。

聞けば行き先はペンサコーラだという。そこで、3時間ほど同乗させてもらったところで車を降りてからアトランタに向かう方法を考えることにした。テディは15時間もぶっ続けで運転しているらしく、どうやらかなりハイになっているようだ。ハンドルをぎっちり握りしめる手は力みすぎで青白くなっていて、のべつ幕なしにしゃべり立て、歯ぎしりも止まらない。今までで最高のジェットコースター気分が味わえそうだな、と心の中で思った。

視界を遮る雨足が一層強くなる中、荷物の配達時間にどうにか間に合わせようと、テディは制限速度を大幅に超えて車を走らせた。そんな状況にいつもなら怖じ気づいていたはずだが、死が近づくにつれ、冒険的なスリルを楽しめるようになっていた。「僕は死を恐れていない。生まれる何千年も前から死んでいたし、死に不都合を感じたことすらない」とはマーク・トウェインの言葉だが、まったく同感だ。

テディに杖のことを聞かれたので、これまでの経緯を簡単に説明した。

僕の足元に転がっていたビール瓶のことを尋ねると、「これが最高なんだ！」という答えが返ってきた。このビールは「ミッキーズ・ビッグ・マウス」という銘柄で、元トラックドライバーの名前が由来になっているそうだ。というのも、この銘柄に採用されているスクリュータイプのキャップがついた広口ボトルの考案者がミッキーだった。瓶の口が広ければドライバーはビールが飲みやすい。そして運転中に尿意をもよおしてもそのまま空瓶に用を足して蓋をしてしまえば、わざわざ車を止めて貴重な時間を無駄にしなくても済む、という寸法だ。

「気が利いてるね」

そう言いながら僕は足元にあった瓶を1本手にとってじっくり眺めた。そこで漸く、瓶の中身がビールではないことに気づいた。助手席に漂う鼻をつく悪臭は瓶に入ったおしっこの臭いだったのだ。人生、何でも経験だ。

ペンサコーラに（記録的な速さで）到着した頃には、テディの荒っぽい運転にぐったりと疲れ切っていた。彼の厚意にお礼を言いつつ助手席を降りると、テディは頷きながらウィンクをして言った。

「よお、目が悪い兄ちゃん！　ちゃんと見て歩けよ！」

＊＊＊

ダヴィード、あなたが一人なのはわかってる。けれど私の心はいつでも旅の途中のあなたの側にいます。州から州へと渡るあなたと共に思索しています。あなたが親友であることを誇りに思うし、私たちの思い出をこれからも大切にしていきます。心を強くもって、本当はひとりぼっちではないのだということを知ってほしい。たくさんの人たちがあなたと共に日々歩んでいます。私はそのひとりにすぎません。でもあなたが苦悩すると私の心も沈んでしまいます。

あなたがどこかの田舎町をさすらえば、私の心もあなたと共に歩を進めるでしょう。どうかこれからもみんなに連絡を忘れないで。あなたがどんな様子で、何をしているのかをみんな知りたがっています。もっと文章を書いて。あなたが経験していることを言葉にして、私たちに伝えてください。あなたは思い切り愛されているのだから。

——デニス・アーノルド
コーラル・リーフ高校　英語科教諭

20　アトランタ

マイアミを出発してから約3週目に、感謝祭がやって来た。がんを告知され、人生が変わったあの日から丸6年。家族と離れて過ごす感謝祭は生まれて初めてだった。実家には例年どおり母の昔ながらの手料理を楽しみに家族全員が集まっているはずだ。母のとっておきの食器とクリスタルグラスが並んだ長テーブルを囲むみんなの姿を思い浮かべた。父は上座で、母はその隣に座っている。2人の兄とその家族、おじ、おば、従兄弟たちも一緒だ。そしてポーラも。

旅が進むにつれ、ポーラのことを考えることが多くなっていた。僕が彼女に会いたいと思っているように、彼女も僕に会いたいと思ってくれているだろうか。でも電話で話すときはそんな話題には一切触れなかった。

ひと言でも「会いたい」と言ってくれたなら、すぐに次の列車をつかまえてマイアミに帰るつもりだったが、それも伝えなかった。ポーラが僕を恋しがっているとは思えなかったからだ。旅が長すぎるとか家にいてほしいとか、心配しているとも口にしなかった。話題にするのは担当しているクラスや生徒のことばかりで、僕は旅の様子を伝えるだけだった。

毎回会話が終わりに近づくと、他の夫婦だってこんなものだ、と自分に言い聞かせていた。だからといってどんな意味があるというんだ。そんなことは考えたくもなかった。

感謝祭の当日はアトランタで迎えた。昔の教え子だったカーラ・ポロとパートナーのエリック、2歳になる双子の娘たちと一緒だ。晩秋の太陽が眩しい風の強い午後、カーラの家の近所にある公園に行った。カーラの娘たちがジャングルジムで遊ぶのを近くのベンチに座って眺めていたら、自分の存在がとてつもなく場違いに思えてきた。

公園には大勢の家族連れが集まっている。空には凧や風船が上がり、子どもたちのはしゃぐ声が響いている。子ども連れでないのは僕だけだ。結婚当初から僕は子どもが欲しかったのだが、ポーラにとっていいタイミングはなかなかやって来なかった。

カーラが子どもたちにご飯を食べさせている姿や仲むつまじい様子を見ていると、親という立場で親子の絆を知ることはないのだという現実にやりきれなくなった。もう父親にはなれないのだ。

エリックは僕が黙りこくったままだと気づいたに違いない。フットボールでキャッチボールをしようと誘ってくれたので、喜んで応じた。気晴らしに何かをするのは大好きだったが、はたしてこの身体でどれほど動けるのか自分でもよくわかっていなかった。右手ではまだ上手くボールを投げられたものの、ボールをキャッチする番になるとそう簡単にはいかない。エリックが投げたボールは僕の胸元に当たって跳ね返り、追いかけようとすると必ず足がもつれて転倒してしまう。

どうやら自分が失ったものを痛感する一日になりそうだった。けれど、自分に欠けているものに気づくこと自体が僕にとっての課題だったのかもしれない。

その晩、僕たちはカーラの姉妹のクラウディアの自宅を訪ねた。芝生がきれいに刈り込まれた上品な住宅街で、歩道には子どもたちの遊ぶ姿が見え、どの車も指定の位置にちゃんと駐車されている。

カーラの家族全員が家に集まり、隣人や子どもの学校のこと、義理の家族や仕事のことなど、ありふれた日常を楽しそうにおしゃべりしている。普段からとても仲がいいのだろう。僕はその会話をただじっと聞くだけだった。

食事が終わると、最近行ったばかりだというディズニー・ワールドへの家族旅行のビデオを観ることになった。僕は冷静に、黙って座ったままビデオに興味があるような素振りを見せつつも、こっそり頭の中では、リンゴとクランベリー入りの母の手作りの七面鳥料理の味を思い出していた。カーラの家族はとても親切で僕を温かく歓迎してくれたが、彼ら全員の名前すら知らなかった。僕はここで何をしてるんだ？　ビデオから延々と流れるミッキーマウスとミニーマウスの声や、子どもたちのはしゃぎ声を聞きながらそう自問自答せずにはいられなかった。自分の愛するものすべてから何百万キロも離れたはるか彼方にいるような気がした。実際、そのくらい離れていたのかもしれない。

そして腕時計を見ながら思った。ちょうどこの時間帯は家族がテーブルを囲んでご馳走に舌鼓を打ちながら、ひとりひとりが今年感謝したことについて話をしている頃だ。

僕も感謝することはたくさんあった。ボールをキャッチできなくともまだ投げられるとわかったこと。わずかな視力でも人の姿や場所の風景がまだ見えること。旧友や旅の途中で出会った新しい友人たちが見せてくれる愛情。

僕は家族のことを考えているのだと少しでも伝えたくなり、その場を離れて、フロリダの両親の家に電話をかけた。電話に出た母の後ろから楽しく賑やかな音が聞えてきた。

「おまえがいないとみんな調子が出ないわ。気分はどうなの？　いつ帰ってくるの？」

いつまでも母を電話口に縛り付けたくなくて、たった2分程度の会話だったが、それまで一度も感じたことのない気持ちで、家族に会いたいと思わせるには十分だった。覚えておこう。感謝祭の日には絶対に家から離れないこと！

その夜、カーラとエリックの家に帰って子どもたちを寝かしつけてから、僕たち三人はキッチンのテーブルに座り、お互いの人生で起きていることを語り合った。エリックはカーラと籍を入れたいのだが、カーラはまるで聞き入れようとしないらしい。同居していて子どももいるが、結婚したら自分のアイデンティティを奪われてしまうかもしれないとカーラは考えていたのだ。

彼女とエリックの立場をそれぞれ想像しながら、どちらかに死が近づいているとわかったら、二人の気持ちは何かしら変わるのだろうかと疑問を持たずにはいられなかった。

カーラとエリックを見ながら、共に人生を歩む二人を羨んでいる自分に気づいた。二人が接し合う様子にとても親密な何かがあったのだ。エリックを見つめるカーラの目に宿った真剣さや情熱をポーラのまなざしに感じたことは一度もなかった。それにエリックがカーラを見つめるように、僕がポーラを最後に見つめたのはいつだったろうか。

僕たちの結婚は愛情というよりも、気心が知れた仲だから続いていたのだと今さら気がついて愕然とした。ポーラと一緒にいた理由は、ひとりになりたくなかったからなのだ。苦楽を共にできる相手のいない状態を恐れていたのである。

でも今の僕は限られた時間の中で一人旅を続けながら、フロリダを出発するまでは想像すらできなかった人々と出会い、思いも寄らなかった場所を訪れている。結婚しているがひとりには変わりない。これまでは自分の自主性に誇りを持っていた。自分は他の人たちとは違って、誰をも必要としないいんだと思い上がっていた。

でも見るからにお互いを頼り合っているカーラとエリックの姿はとても自然で愛情に満ちている。自分のことは自分でできるからといって、愛情が必要であることには変わりないのだという謙虚な気持ちになった。僕は愛情を求めていたし、誰かに側にいてほしかった。

カーラ宅で過ごす最後の朝、シャワーを浴びていた僕は持っていた特大サイズのシャンプーボトルを手から滑らせてしまった。ボトルがドンと大きな音を立てて床に落ちたのを聞きつけたのか、突然エリックがバスルームのドアに立っていた。

「ダヴィード？　ダヴィード？　大丈夫？」

無防備とはまさにこのことだ。素っ裸でシャワーに入っている僕に他人同然の相手がドアを開けて手を貸そうとしてくれているのだ。エリックに大丈夫だと告げたが、気まずさにいてもたってもいられなかった。結局、彼と顔を合わせられたのはシャワーを出てから1、2時間後という有様だった。

その後、アトランタからワシントンDCへと向かう列車に揺られながら、誰かに依存しなければならなくなったことで男としての自分が失われていることを考えていた。アトランタの駅でカーラと一緒に列車の到着を待っていると、寒さで思わず息をのんでしまうほど冷たい風が吹き始めた。カーラの方を見ると、目に心配の色をにじませている。彼女の考えはわかっていた。アトランタがこれほど寒いのであれば、僕がこれから向かう北部はどれほど寒いことだろう。

「大丈夫そう?」カーラは尋ねたが、僕には返す言葉がなかった。

それまでの移動は常に誰かと一緒だった。でもこれから乗り込む14時間の長い列車の旅はずっとひとりで過ごさなければならない。しかもほとんど目の見えないこの衰えきった身体で。


車窓を流れるジョージアの田舎風景を眺めながらある思いがこみ上げた。アトランタで出会った人たちは僕の障害を受け入れてくれたが、僕自身は受け入れていただろうか。エリックがバスルームに駆けつけてくれたとき、どうして彼の優しさや気遣いに感謝せずに、自分のふがいなさにただ困惑するだけだったのか。

本当のことを言えば、自分を恥じていたのだ。病気になる前はまず何をおいても自分の直感を信じていた。でも自分の能力や感覚を信じられなくなった途端、肉体に裏切られたような気持ちになった。そして昔の自分に戻りたいと懇願しながら、新しい自分を毛嫌いしていたのだ。

教師時代は生徒が外見に悩んでいたら、それは一時のことだよ、と言い聞かせたものだった。肌はニキビが消えてきれいになり、歯の矯正用ブリッジもいつか外すときが来る。でも僕は来るところまで来てしまったように感じていた。人生は僕にもう何も与えてはくれず、このまま奪っていく一方なのだろうと。

理性ではがん患者であることは何ら恥ずべきものではないとはわかっていたが、病気を患っていることで、自分が脆くて無能で取るに足らない存在だと思うようになっていた。だからポーラを治療に同行させなかったのだ。ポーラの手を煩わせたくないという気遣いではなく、貧弱でボロボロな自分の姿を見られたくなかった。

力強くてタフな男という自分のアイデンティティにいつまでもすがっていたかった。生まれてこの方ずっと、何でも一人で解決しようという気持ちばかりが先立って、敢えて誰かに頼りたいと思うほど人を信頼することを学んで来なかったのだ。僕がポーラを一度でも頼ったことがあっただろうか。最もポーラを必要としているとき、彼女に心を閉ざして、自分の人生から追い出してしまったのだろうか。ポーラは僕の側に居続けてくれるはずだと信じきれていなかったのだろうか。ポーラが僕から逃げ出してしまう前に、背を向けてしまったのは僕ではないだろうか。

14時間の長旅は考える時間をたっぷり与えてくれた。列車がスピードを上げて北上する中、今回の旅では人の助けを受け入れて相手を信頼することを学んでいるのだとふと気づいた。どの滞在先でも教え子たちや見ず知らずの他人の助けを受け入れていた。そして僕の見方は今の僕にはもうふさわしくないのだと悟った。もはや男らしさを見せる必要のあるタフな男ではなかった。外見は変わったし、昔はよくしていたことも今では不可能だ。

「荒野での退屈な孤独さえも意味がある。自分自身を発見したただひとりの自分自身を頼り、その結果、真のそして隠れた力を学ぶのだ」というジャック・ケルアックの『孤独な旅人』の引用をマントラ代わりにしていたダヴィード・メナシェはもうここにはいない。そして新しいダヴィード・メナシェは自分の生きる道を見つけようとしていた。

他者の厚意に甘え、相手を邪険にせず純粋に感謝することができれば、自分自身を受け入れたことになるのかもしれない。死ぬという事実はとうの昔に自分の中で折り合いがついている。

僕が学ぶべき次の課題はこれが自分の生きる道なのだと受け入れることだ。

21 ワシントンDC

列車はワシントンDCのユニオン・スクエア駅に到着した。親切な車掌の手を借りて降りようとしたものの、足がもつれてプラットフォームに転倒してしまった。

駅には元教え子のキム・ケリックが待っていてくれた。キムは僕がフェイスブックで旅の計画を発表したとき、最初に返事をくれたひとりだ。自宅のあるバージニア州ブラックスバーグ近郊から車で4時間半をかけて迎えに来てくれるという。そこまでしてくれるのは心づもりがあってのことと思い、計画を立てる初期段階から彼女の世話になることにしていた。

ブラックスバーグは訪れてみたかった町というわけではなかったが、キムとの再会はこの旅で最も楽しみにしていることのひとつだった。彼女と僕は共にたくさんの困難を乗り越えた同志だった。

駅を出ると、ワシントンDCはちょうどラッシュアワーのまっただ中だった。数珠つなぎになった車の列からやっと解放されたのは1時間後で、市外へ出た僕たちはブルーリッジ山脈の間を走り抜ける道のりをドライブしながら近況報告をし合った。長いドライブはゆっくり話すのにちょうど良かった。

キムが僕のクラスの生徒だったのは２００６年のことだ。当時の彼女はいつも斜に構え、毒舌でかたくなな少女だった。人のどんな言葉も、相手の意図がどうであれ、キムは侮辱だと受け止めていた。どんなささいな中傷も聞き逃すまいといつも気を張り詰めていて、その不安定な状態と羞恥心の強さが災いし、誰もその気はないのに自分の周りはすべて敵だと思い込んでいるようだった。

だから、授業中に自分のプライオリティ・リストをクラス全員の前で読み上げてもいい、とキムが手を挙げたときはとても意外だった。けれど彼女がクラスメイトに心を開くチャンスだとも思った。リストを見ると、「プライバシー」の隣には「安心」が並んでいる。普段から物憂げなキムの態度を目にしていたので、もしかしたら彼女が自傷行為をしているのではないかと疑った。

経験上、悩みを抱える思春期の男子は苛立ちを外に吐き出し、周りの人間を傷つけることで鬱屈した感情をコントロールしようとするが、女子は苦悩を内側に向け、まるで自分を傷つけられるのは自分だけだと世間に見せつけるかのように、自身を虐げる傾向にある。

とても悲しいことだが、10代のうつ病や感情不安においてよく見られる行動だ。

キムはその悪循環に陥っているようだった。生徒に何か話があればいつもは廊下に連れ出していたのだが、今すぐに話さなければと心が急き、キムの机まで行くと身をかがめて小声で囁いた。「もしかして自分の身体を切りつけていないかな」

キムは気まずそうに顔を伏せたまま、ひと言も言わない。最初は僕の質問が当たっているからなのかと思ったが、よくよく考えてみると、キムは喫煙者だった。

「いや、ヤケドを負ってるんじゃないかい？」

それでもキムは口を閉ざしたままだった。でもショックを受けた顔からして、痛いところを突かれたのだろう。その日の放課後、クラスメイトが全員いなくなるまで教室に残っていた。

話を聞いてみると、彼女はゲイ［同性愛者のこと。性別を問わない］であることに悩んでいた。おまけに母親は、それは一時だけのことで「そのうち良くなる」と言い切り、キムの話に耳を貸そうとしないのだという。

「でも良くなんてならない。自分がゲイなのはわかってる。ずっと前からそうだった」

翌日、授業後に教室に残るようキムに伝え、彼女が自分から真実を語ってくれるのを待った。キムは黙ったまま僕をじっと見つめると、膝に視線を落とした。

「自分の身体を傷つけているようだけど、それで状況は良くなるかな。身体を傷つけて心の安らぎや幸せになるチャンスも駄目にしてしまってるんだよ」

緊張でこわばっていた表情がふっと和らいだので、もう少しだけ押してみることにした。

「自分自身と折り合いをつけて、あるがままの自分を正々堂々と認めなければ一生幸せにはなれないよ」

次にキムと顔を合わせると、彼女は僕にマッチのたくさん入った大きなジップロックの袋を手渡しながら、自傷行為は止めるからもう必要ないのだと言った。

僕はその後もキムを見守り続け、自分自身と自分の性を受け入れた彼女は自信を取り戻し、心の温かい落ち着いた人柄に成長していった。


それから6年以上経ってからの再会だった。

長く付き合っているパートナーのミキリンを紹介してくれ、三人で仕事や日々のことを交えながら、キムの高校時代について語り合った。

「クラスにいたとき、秘密をたくさん抱えていたのに、どうして自分のプライオリティ・リストをクラスで読み上げてもいいと立候補したんだい？」僕はキムに尋ねた。

「誰かに気づいてほしかったんだと思う。でも先生がその後もずっと見ていてくれるとは全然期待してなかったな。だからマッチを渡したの」

「僕が気づいたから？」

「そう。わざわざ呼び出して注意してくれたのは先生が初めてだったから。自分を傷つけるんじゃなくて生きることを大切にしろって背中を押してくれたから」

今でも自傷行為をしているのかと尋ねると、こう答えた。

「先生にマッチを渡した日以来、一度もしてないよ」

その姿はもう、僕の知っていた人見知りで浮かない顔のキムではなかった。僕はキムとミキリンの自宅に3日間滞在し、もっぱら長くて個人的な会話を楽しんだ。


「すごく幸せそうだね」

ある朝、淹れたてのコーヒーをすすりながら出勤前のキムに言った。キムはスターバックスで働いていて、最近スーパーバイザーに昇進したばかりだった。

「今は人生を謳歌してる。マイアミ・デイド大学で準学士を取ってからセントラルフロリダ大学に転入したけど、勉強が大変で卒業はしなかったの。でもそれでかえってよかった。フロリダを離れたかったし、ミキリンと出会うこともできた。来年になったらカリフォルニアに引っ越そうかって話してて。付き合い始めてから1年9カ月になるんだ。友達にはまだ記念日を祝ってるの⁉ って言われるけど、すごく幸せなんだよね」

それから話題はミキリンとの初デートに移り、思う存分笑った。

「最悪の初デートだったわ。ミキリンはほとんど何も話さなかったから、私一人がほとんど話してて！」

「それで、『タコベル』に行こうって言ったのは？」

　僕が声を上げると、キムは「私」と答えた。

「初デートで？　おいキムー！」

「だよね、うん、言いたいことはわかる」

　思わず笑顔がこぼれた。僕の英語クラスにいたシャイだった女の子が、今では会話の盛り上げ役をしている。ようやくあるがままに生きる道を見つけたのだ。

　それにキムの家族もキムだけでなく、パートナーとしてミキリンを迎え入れてくれたと聞いてとても嬉しかった。僕がブラックスバーグを出発した後、家族全員でクリスマスを祝う予定だという。


　ブラックスバーグを発つ前に、三人でバージニア州セーラム近郊にある観光名所ディクシー・キャバーン（鍾乳洞）を訪れた。暗くて湿った342段の階段を危なっかしい足取りで降りるのはなかなかスリリングな体験だ。ぜひ杖をつきながら試してほしいものだ！

　周りではコウモリの群れが人間に怯える様子もなくバタバタと飛び交っていた。その一匹が僕にぶつかって、あやうく階段を転げ落ちそうになったが、何とか体勢を立て直した。下まで降りると、やっとみんなリラックスした表情が浮かんだ。鍾乳洞に来てよかった。

歩くたびに、熱く鋭い痛みが左足から耳まで左半身を突き抜けたが、楽しそうなキムとミキリンを見ると微笑まずにはいられなかった。日常生活から離れたひとときに興奮を隠しきれないようで、仲良く身を寄せ合って腰を下ろす姿からは二人の愛情が見て取れる。洞窟の中は薄暗くて、僕の視力ではキムの表情がはっきりと見えなかった。でも笑顔だとわかっていたので、僕もにっこり微笑んだ。

鍾乳洞を出発する前、もしプライオリティ・リストを通じて本当の自分をさらけ出す勇気を出していなかったら、今はどうなっていたと思うかとキムに尋ねた。

「まだ自分の身体を傷つけてた可能性は十分あると思う。先生のおかげで心を開けたの」

キムはゲイであること、自分を傷つけていることを公にして、自尊心を取り戻すことができた。自らの羞恥心に立ち向かい秘密を明かすことで自分自身を解放したのだ。

旅を進めながら多くの人々と触れ合うにつれ、僕は今の自分に心地良さを感じ始めていた。そしてある晩、列車で移動している最中にふと、以前授業で使っていた詩人ナンシー・メアーズのエッセイ「びっこであることについて」を思い出した。

大学レベルの英語クラス課題の中では、一番のお気に入りだった。もし僕がメアーズ氏のような苦境に立たされたとしたら、彼女のような品格とユーモアと平静さをもって困難に対処できる人間でありたい。授業では生徒たちにそう話して聞かせたものだ。

そんな自分の言葉が頭から離れず、僕はバックパックからパソコンを取り出し、保存してあったファイルを開いた。

「まず、意味論的な解釈について。私はびっこである。自らの呼称としてこの言葉を選ぶ。最も一般的な『ハンディがある人』や『障害者』を含む選択肢の中から選んだ言葉だ。何も考えず、真意すら無意識のまま、ずっと昔に決めたこと。今になっても自分の真意が何であったのかはわからない。とにかく複雑で、まったくの気休めではないということは確かだ。人々は、本人がびっこであれそうでなかれ、『ハンディがある人』や『障害者』という言葉にはそうでもないが、『びっこ』という言葉に顔を曇らせる。私は彼らにたじろいでほしいのかもしれない。手強い相手なのだと思わせたいのだ。運命であれ、神であれ、善であれ、その憂き目に遭いながらも、自らの苛酷な運命に正々堂々と向き合うことのできる強い人間なのだと見せつけたいのだ。私はびっことして、胸を張って歩いている」

僕も胸を張って歩きたかった。

＊＊＊

自分の身体に火を押しつけているのかと初めて先生に言われたときはとても驚きました。この人にどうしてわかるんだろうって。でも先生はお見通しだったんです。そこまで私を見ていてくれた人はそれまで一人もいませんでした。誰かに実際に気づいてもらえたのはある意味妙な感覚でしたが、でも何となくほっとしたのを覚えています。

そんなことがあってから、いつも先生の教室に遊びに行っていました。感謝祭の日に家族にカミングアウトをした友達の話をしてくれながら、きっと状況は良くなるから、自分を恥じる必要はないんだと諭してくれたんです。ゲイである自分が変わる必要はなく周りの人が慣れるべきなんだと。先生のおかげで、自分はありのままでいいんだと思えました。いつか母が私の話を聞いてくれるかもしれないという希望が生まれて、とても心強かった。

先生は今でもほとんどあの頃のままです。記憶が少し頼りなくて動作もゆっくりになりましたが、機転の速さと剛胆なところ、それにとても誠実な心は何一つ変わっていません。携帯の着メロを『もしも脳（知恵）があったなら（If I Only Had a Brain）』に設定してるなんてありえないでしょう？　学生時代は教師としての先生しか知りませんでしたが、今回は友人として知ることができてとても嬉しかった。

――キム・ケリック
コーラル・リーフ高校　２００６年卒業生

22 アトランティック・シティ

僕の両親は書店を経営していた。そのおかげで文学好きになったのだが、あまりもうかる商売ではなかった。必要なものはすべて揃っていたが、必ずしも欲しいものを手に入れられる環境ではなかった。

初めてアルバイトについたのは12歳の頃。それからずっとウェイターとしていろいろなレストランを転々とし、飲食業界を出たり入ったりしながら、教員初日の前夜までバイト生活を続けた。必要なお金を稼ぐために懸命に働いたが、富を築くことが人生の目標だとは思っていなかった。

ニューヨーク時代には、大学の授業料のためにバーテンの仕事をしてかなりの金額（実は教師として得た全収入を上回るほど）を稼いだが、特に満足していたわけでもなかった。例えば身体の調子が悪くてその晩に休みを取ったとしても、他のバーテンがドリンクを作り、別のウェイターがそれを運ぶ。僕がいてもいなくても一緒だった。

けれど教師という仕事は、僕に財産を与えてくれた。充実感、誇り、目的意識。それに報いるため、ことあるごとに、たとえ大金を稼げなくても自分の夢を追いかけたいという気持ちを生徒たちに持たせる努力をしてきた。教師として、ただ高給だからというよりも努力が報われて幸せになった生徒たちの姿を見たかったのだ。多くの人は幸福を手に入れるために最終的に富を求めるが、僕にとってお金は単なる仲介役だった。

生徒たちが人生の目標を見つけられずに悩むことがあれば、仮説を使って考えさせた。宝くじで数百万ドルの大金が当たったらどうするかというたとえ話だ。

「まずはショッピングに行きたいだろうね。次は世界一周旅行かな」そうやってたとえ話は、自分や愛する人たちのためにすべてを手に入れて、世界中のありとあらゆる絶景や遊びを楽しんだ、というところまで進んだ。その時点でもまだ莫大なお金が残っていたとしたら、何をして過ごすだろうか。そんな問いかけに対する生徒たちの反応は千差万別だった。

答えが見つからない生徒には、「君は写真を撮るのが好きだから、こんなのはどうかな」とか「達成したいことや、何かで有名になりたいと思うものは？」という質問を投げかけた。

多くのクラスを受け持った十数年の間に、「子どもにダンスを教えたい」から「宇宙旅行に行きたい」までいろんな答えを耳にした。それぞれの答えが出たら最後に来るのはこの質問だ。

「それは無償で引き受けるとしても、それでお金がもらえるならもっといいと思わない？」

お金は確かに大切だが、お金を得るために夢を諦める必要はない、と生徒たちに理解してもらいたかったのだ。心に栄養を与えながら収入の得られる仕事を見つけてほしいと願っていた。

生徒たちの中にはもちろん、財産を重視する現実的な家族を持つ子もいて、家族から実入りのいい職業や裕福な将来を目標にするよう言いつけられていた。そのひとり、アンジャリー・ケムラニーが僕のクラスにいたのは2001年だった。

厳格なヒンドゥー教の家系に生まれ育ったアンジャリーは、男性にとって何より重要なのは経済的な成功で、女性は裕福な男性と結婚しなければならないと言われ続けていた。

高校時代のアンジャリーは、ヒンドゥー文化に生まれた自分の運命を嫌々ながらも受け入れていた。お金持ちの男性と結婚して家庭に入るつもりのようだったが、彼女が心の奥底で苦しんでいることはわかっていた。世界を自分の目で見て確かめたいという強い情熱と明晰な頭脳の持ち主だったアンジャリーは、社会に素晴らしい貢献ができるはずだった。

授業で富についてのたとえ話をするときには、ソローの『ウォールデン――森の生活』からの一節を引き合いにすることが多かった。

「自分の生き方を他者に実践してほしいとは思わない。その人が私の生き方を正しく学んだ頃には、私自身が別の生き方を見つけているかもしれないし、できるだけ大勢の多様な人々がいてほしいからである。むしろ各々が父や母や隣人のではなく、自分の生き方を発見し、それを貫いてほしいものだ。青年は家を建てるなり、木を植えるなり、海に乗り出すなり、好きにすればいい。ただ、本人がやりたいと言っていることが、さまたげられることのないようにしてあげたい。船乗りや逃亡奴隷が絶えず北極星に目を向けるように、数学的な一点をめざすことによってのみ人は賢くなるのだが、これは一生の指針としても十分に通用する。予定の期間内に目的の港にたどり着くことはできないかもしれないが、正しい航路を進み続けることはできるのである」

ある日、アンジャリーと二人きりで話していたときのことだ。家族が寄せる期待だけでなく彼女自身の夢について考えてほしいと願いつつ、僕はこう尋ねた。

「自由の国に住んでるんだから、その立場を活かすべきだよ！　自分の道を貫いてみようとは思わない？」

はじめ、アンジャリーは僕の言葉にむっとしたのだと思う。彼女の文化に対する理解や敬意がないと感じたのだと思うが、むしろアンジャリーを尊重していたからこそ、背中を押してみようと思ったのだ。

あれからいつも疑問に思っていた。世の中を知ったら、はたしてアンジャリーはおとなしく家庭に入るのだろうか。その答えを確かめられたのは、北東部に向かう旅程でアトランティック・シティを訪れた12月上旬のことだ。ハリケーン・サンディがニュージャージー州沿岸部を襲った数週間後だった。

25歳になったアンジャリーは、ラヴィ・ヴァルマの絵画に描かれそうな美しくて上品なインド人女性に成長していた。『プレス・オブ・アトランティックシティ』という地元紙の記者になるため、フロリダからニュージャージーに引っ越してきたばかりだった。ジャーナリスト（少なくとも優秀なジャーナリスト）はお金ではなく、情熱や好奇心に突き動かされるものだ。少し話しただけでアンジャリーが優秀な記者だとすぐにわかった。

「様々な場所を訪ねて、いろいろな人の話を聞きたいんです」僕たちは海沿いにある派手なバーにいた。店内ではギャンブラーたちが騒がしい音を立てながらコインを吐き出すスロットマシンに興じている。

「その人たちの人生観を共有したい。私が追い求めてるのはただの地元ネタじゃなくて、誰かのストーリーなんです。人々やこの世界を動かしてしまうような何かについて知りたいと思ってる」

いつも感心させられるのだが、優れたジャーナリストは伝聞を記事にすることを不本意とし、読み手である僕たちの視点から見た世界を言葉で紡いでいる。そのような仕事に日々携わっているアンジャリーは記者という経験を通じて、理解力と教養という大きな財産を手に入れていた。フロリダ大学を卒業した後は、フロリダ州ジャクソンビル・ビーチ市にある小さな新聞社で週刊新聞の記者をしていたという。

「でも世の中を変えられるような記事を書かせてもらえなくて。それで『プレス』の記者職に応募したら、1カ月後に採用の電話がかかってきたんです」

その晩は積もる話に花が咲き、僕は何度も様子を伺いに来てくれたウェイトレスに向かって言った。

「絶好調だよ!」

僕がウィスキーをちびちび飲む横で、アンジャリーは最近担当した記事について話し始めた。アトランティック郡内にあるプレザントビル市では、人口の5人に1人が貧困に喘いでいて、犯罪率が急増しているのだそうだ。「本当に信じられないような理由で人殺しをするんだから!」

彼女の話にすっかり引き込まれていた。

出発してからずっと誰かの教えを請いたいと思っていたが、アンジャリーは友人、そして教師として僕にインスピレーションを与えてくれた。

翌日の午後もアンジャリーのアパートで話を続けた。家具なしのワンルームには物がほとんどなかった。アパートのあるアトランティックシティ・ボードウォーク沿いの方角には退廃的なホテルやカジノが軒をつらね、その反対方向では絶望に打ちひしがれたホームレスたちが生活していた。巨万の富と底のない深い悲しみを俯瞰しているような気がした。

「世の中を見てこいと送り出される立場になったんだね！　記者という仕事は謙虚さがなくては務まらないだろうな。他者には完全には理解し得ない誰かの人生をじっと見つめて、そこで気づいたものを読者である僕らに伝えなければならないんだから。しかも僕らが受け取る印象は……」

「わかってる。全部私の記事にかかってるってことですよね」

「君たちは僕らに情報や知識を与えているんだ。僕らは君たちに頼ってる。責任重大だね」

「おかげで少しひねくれた性格になりましたけど。普段目にする記事の内容はほとんど信じなくなりました。大半の記者は役目を果たそうとしないんです。自分の意見ばかりに固執して、自分の聞きたい答えが返ってくる質問しかしようとしない」

「つまり信頼できる人を見極めなくちゃならないんだね」

「そう。それに読者が信頼できるような誠実で正確な記事を心掛けることも大切で。さてと、私の話はこの辺にして……」

アンジャリーの中のジャーナリストが顔を覗かせて言った。

「旅の話を聞かせて、メナシェ先生。質問がたくさんあるんだ」

「かなりドタバタであるのは間違いないね。みんなの思いつきに頼ってるようなものなんだ。僕に唯一決定権があるのは、出発のタイミングだけなんだけど、それも毎回ってわけじゃない。ここまで来るときにも列車に乗り遅れて、次の便を待たなくちゃならなかった。教師をしていた頃や自分の好きなようにできていた頃とはまるで勝手が違う。教師時代は授業の内容や教材、所要期間はすべて僕が決めていた。次の日の授業内容は必ず把握してたんだ。でも今はこの会話を終えた後に何が起きるかもわからない。明日がどうなるかさっぱり見当もつかないよ」

「それって怖い?」アンジャリーが続ける。

「ものすごくね。だから知り合いが一人しかいない街は避けてる。その人にすっぽかされたらって思うと……実際すっぽかされたこともあるんだよ。例えばニュージャージーでは会えるって言ってた人は三人いたけど、着いてから連絡が取れたのは君だけだったんだ」

アンジャリーは顔をこわばらせた。

「え? どうしてそんなことができるの?」

「2カ月前にフェイスブックで『いいよ! 遊びに来て!』って言うのは簡単だからだよ。でも目が悪くて身体の不自由な男が突然やって来て『着いたよ。今何してる?』ってことになって初めて現実になるんだ。そして『出張が入った』とか『子どもが病気で』って弁解が始まるんだよ。もしくはまったく返事がないことだってある。でもそれでいいんだ」

「だめよ!」アンジャリーは叫んだ。「だめ、全然良くない。教師って報われない仕事だと思うの。生徒に言いたいことがちゃんと通じてるのかわからないんだもの。生徒が入学しては卒業していって、誰が何を理解したのかなんて全然わからないでしょう？　この旅は先生が……」

「確かに。僕が大学レベルの英語クラスを教えてた頃、学年末試験が毎年あったんだ。試験の結果を見て、やっと自分の評価を判断できたんだよ。生徒の成績が悪ければ、僕は教師落第ってことだから」

「でも成績が悪いのは先生とは無関係じゃない！」アンジャリーは声高に言った。

「いや、切っても切れないんだよ。すべてが関係してる。みんなの成功を一緒に喜ぼうと思うなら、失敗も分かち合わなくちゃ」

「でも私は成績があまり良くなくて、それに……」

「そこで教師の出番だ。良い成績を取りたいと思わせるほど勉強を好きになってもらうのが教師の役目なんだよ。自分の信念や教義や教育理論を押しつけようと思ったことは一度もない。僕はただ学んでほしいことを生徒たちに示して、もっと勉強したいと思ってもらえるような面白い授業作りに全力を使っただけだ。良い教師を決めるのは授業内容じゃない。生徒に考えを理解してもらうこと、つまり生徒が納得できる形で説明することが大切なんだよ。僕にもし才能があったとしたら、その才能だと思う。みんなが納得できる方法を知っていたんだ」

　アンジャリーが微笑んだ。

「そこから次の質問に繋がるんだけど、その才能は学んで得たもの？　それとも先生の個性なのかな？」

まだ若いのになかなかいい質問をするじゃないか。答える前に一瞬そんな感想が浮かんだ。

「教師という仕事に嫌気がさしたことがないんだ。教壇に立てるのはすばらしく光栄だった。ほんの脇役だったとしても、教えることができたんだからね。それに教師でいられることがありがたかった。僕は生徒に楽しんでもらおうと努力したし、彼らも出せる力を出し切って僕を喜ばせようとしてくれたと思う」

「そう考えるようになった理由は？」

「さあ、どうしてだろう。本当にわからないんだ。僕の唯一の取り柄なんだろうね」

アトランティック・シティを出発するとき、アンジャリーとは連絡を取り続けるだろうと確信していた。これまでは、貧しいのは持たざる者でなく欲しがる者だと思ってきた。けれどアンジャリーは自ら手本を示して、それが間違いだと教えてくれた。彼女がより多くの経験を求めるのは、より多くの機会を自ら切り拓き、そして世の中に貢献するためなのだから。

＊＊＊

私はやや独特な問題を抱えていました。伝統的な文化を重んじる家庭に生まれ育った人なら経験していると思いますが、私の家族も女性が仕事を持つことに反対していました。大人になったら正社員として働きたいと思っていましたが、最初から期限付きでした。高校時代は、学校を卒業したら就職し、25歳まで目一杯働いてお金を稼いだら、「結婚（相手は両親が選んだお金持ちのビジネスマン）して家庭に入る」のだと思っていました。少しでも収入を得て貯金をしておけば、人生の鎖に繋がれてしまう前に少しばかりの旅行は楽しめるだろうと考えていたのです。

自分に人生の選択肢はないと思っていましたが、様々な時間や環境のおかげでここまでたどり着くことができました。

でもジャーナリストになったのはメナシェ先生がいたからです。大金を追いかけるよりも、自分が心から好きで楽しめるものを選択したのです。私だって就職できるのだとしつこく言い続けてくれたことは今でも覚えています。ちょうど今の年齢になったら二人目の子どもを産んでいるだろうとぼんやり想像していた頃でした。

先生はいつも、自由の国に住んでいるのだからそれを活用すべきだと言っていました。でも私は「わかってくれない」先生に侮辱された気がして、伝統は守るべきもので、伝統や家族に対する敬意を忘れてほしくないと言い返したことを覚えています。

その後、私は変わり、伝統と変化の間でうまくバランスを保っています。メナシェ先生、あのときしつこく言ってくれてありがとう。先生は私の中に自分の人生を生きるという種を蒔いてくれた。あんなことを言ってくれたのは先生が初めてでした。高校を卒業した後に出会った人たちが、その種に水を与えてくれました。そして今日の私があるのです。

——アンジャリー　ケムラニー

コーラル・リーフ高校　2005年卒業生

23 ニューヨーク

出発してから40日以上が経ち、すでに15都市以上を訪れていた。けれど、アトランティック・シティのバスターミナルでニューヨーク行の便を待つ間ほど、自分の無防備さを感じたことはない。

僕は待合室のベンチに座っていた。バックパックは足元に、白い杖は隣の席に置いていた。向かい側に座っていた男性にふと目をやると、その顔には涙型のタトゥーが3つ入っている。刑務所に入所したことがあるしるしだと知っていたので、彼が目線を僕のバックパックに移すたびに警戒心が募った。

すると男性は、こちらがナーバスになるほどぐっと身を乗り出しながら、話しかけてきた。「その棒は何だい?」

「僕の杖です。目が悪いものですから」と答えると、男性は僕の言葉の意味を咀嚼するように少し躊躇してから、「心配じゃないのか」と尋ねた。

「何のことですか」ますます緊張してきた。

「警察の面通しに呼ばれても犯人の顔を見分けられないってのを自分でバラしてるってことさ」

僕は自分に言い聞かせた。いいか、これはつまり脅されてるってことだ。男性が気づかないように、ベルトに着けていたナイフへ少しずつ手を伸ばした。こんなときのために用意しておいたものだ。

男性は僕のナイフに気づくと驚いてぱっと立ち上がり叫んだ。

「おいおい、兄ちゃん、そんな物騒なものは閉まっとけよ」

「何もしない?」

「ああ、心配すんな」

僕の放浪者ぶりもすっかり板に付いてきたようだった。自分でどうにか対処できれば、誰かにつけこまれることもなかった。それでもバスがマンハッタンに入るときの交通渋滞には辟易した。乗車中の2時間ずっと走り出してはすぐに止まるの連続で、体力をすっかり消耗してしまった。おまけにバスのエアコンからはかび臭い冷蔵庫の臭いが漂ってくる。次の移動からは列車だけを使おう。そう心に誓った。

マンハッタンのポート・オーソリティ・バスターミナルに到着したときには、すでにぐったりしていた。日付は12月12日。これからグリニッジ・ビレッジにある「ケトル・オブ・

フィッシュ」というバーで昔の教え子たちと合流だ。

バスターミナルを出て最初は行き先を見失うことなく順調に進んでいたものの、クリストファー・ストリートがどこか迷ってしまった。しかも今の僕には道路標識が区別できない。辺りを見回すと、携帯電話をいじりながらストリートの角に立っている女性の姿がかろうじて目に入ったので、彼女に助けを求めることにした。

「すみません、クリストファー・ストリートはどちらの方向ですか」

「あっちよ」と女性は答えた。その方角を指さしてくれたのかもしれないが、いかんせん僕には見えない。

「ごめんなさい、どちらですか」

彼女は僕の白い杖に気づいて、手を貸す必要があると思ったのかもしれない。

「一緒について行きましょうか」

「いいえ、方向を指さしていただければそれで大丈夫ですから」

女性は僕の肩にそっと手を置くと、進行方向に向かって僕の身体をゆっくり回転させた。

「こちらです」

僕は女性に礼を言って歩き始めたが、2、3歩進むと車道に足を踏み入れてしまった。「ストップ！　やっぱり私も一緒に行くわ」

女性はそう叫びながらこちらに駆け寄って来て、僕の左腕をつかんだ。

「ありがとう。僕はダヴィード」と言うと、彼女は抑揚のない声で「はじめまして、私はジェシカ」と答えた。

それから和やかな会話を交えながら、目的地のバーまで連れて行ってくれた。バーの外では元教え子のセルジオ・ノリエガが僕の到着を待っていた。

「セルジオ、こちらはジェシカ」「ジェシカ、こちらはセルジオ」二人は握手を交わし、彼女は僕の頬に軽くキスをするとその場を立ち去った。

「彼女、知り合いなの?」信じられないといった面持ちでセルジオが尋ねる。

「いや、あっちでたった今知り合ったばかりなんだ」さっき来た道を示しながら答えると、セルジオはまくし立てるように言った。

「彼女、テレビで見たことあるよ! ほら、あのセックスドラマ!」

後から知ったことだが、僕に手を差し伸べてくれた女性は、『セックス・アンド・ザ・シティ』の主役を務める世界的スター、サラ・ジェシカ・パーカーだったのだ。なのに僕ときたら、通りすがりの見ず知らずの人間にだまされることばかりに気をもんでいた。だまされるどころか、最も著名なニューヨーカーのひとりに助けてもらったのだ。けれどそれより幸いだったのは、タクシーに轢かれずに済んだことだった。

バーに入ると、教え子一行の中にアーロン・ロウクリフの姿が見えた。1997年、僕の初出勤日に酒に酔って教室に現れたあの生徒だ。30代になったアーロンはすっかり見違えて、その晩はクイーンズにある彼のアパートに泊めてもらうことになっていた。

高校時代のアーロンの出で立ちといえば、べたついた長髪に汚れたジーンズとオジー・オズボーンのコンサートTシャツが定番だったが、今では高級なヘアカットにビジネススーツ姿で足元にはつやつやした革靴が光っている。

「この服で判断しないで！」僕を見つけたアーロンは声を上げた。「仕事帰りなんです」

僕は旧友を抱きしめながら言った。「すっかり見違えたよ！　会社の重役みたいだ」

実際に彼はニューヨーク市内のテクノロジー企業で会社重役を務めており、マイアミを離れてからニューヨークに行き着くまでの経緯を話してくれた。

「あの頃に比べて考え方や態度が変わったんだ。昔は体制に反発してたけど、受け入れるようになって、自分のために活かすことにしたんだ」

アーロンはコーラル・リーフ高を卒業直後、学校の近くにあった銀行の窓口係に就職したという。

「上司とよくケンカになったよ。髪をブルーに染めて職場に行ってたんだから！　昔は周りの気を引くことなら何だってしてたな」

それこそ僕の知っているアーロンだ。目の前に立つこの若者はその正反対に見える。

「それがある日、鏡の中の自分を見て思ったんだ。『このままじゃ一生何にもなれないで終わる』って。それから銀行を辞めて、大学で勉強して、テクノロジー業界に入ったんだよ」

「そして今やビジネスマンか！」僕は言った。

まったくアーロンには驚かされることばかりだった。再会を果たすまではユースホステルに住んでいるとばかり思っていたが、訪れた広くて窓がたくさんあるモダンな部屋にはちりひとつ落ちていなかった。宿泊所どころか立派な大人の部屋だ。

キッチンテーブルに落ち着くと、アーロンはズボンの裾をたくし上げて、昔の自分をまだ捨てていないことを僕に証明してくれた。仕立てのいいグレーのズボンの下には、オジー・オズボーンのアルバムカバーのタトゥーがまだ残っていた。オジーは彼が高校時代にハマっていたミュージシャンだ。「今もだよ！」タトゥーを見せながらアーロンは朗らかに言った。

それからメタルバンドのCDをBGMに、アーロンが最近観に行ったコンサートやタトゥーのことを何時間も話して盛り上がった。僕は最近胸に入れたばかりのタトゥーを見せた。「I Decide（私が決める）」だ。

アーロンの並外れた記憶力のおかげで、僕は一生失ってしまったかと思われた教室での思い出を取り戻すことができた。話題はいつもクラス全員に書かせていた日記の話になり、アーロンはまだどこかに閉まってあると言う。僕がすっかり忘れてしまった作文課題のことや生徒の名前もちゃんと覚えていた。

アーロンともう一度知り合い直したような気がした。自主的に物事を考える知性は高校時代から変わらないが、今では経済的な自立も手にしていた。昼はヤッピーで、夜はロック青年。矛盾を絵に描いたようだが、本人にはしっくり馴染んでいるようだ。

世界でも有数のセレブ都市ニューヨークに住んでいる元教え子たちが、経済的な成功を収めているのは当然なのかもしれない。

次に訪ねたアルフォンソ・デューロはブルックリン在住で、おそらく僕の教え子の中で最も裕福な生活を送っていた。

高校時代のアルフォンソは文武両道だった。「いかにもアメリカらしい」と言いたいところだが、彼はスペイン出身で、今でも少しスペイン語訛りを気にしているようだった。

彼が初めて読んだ長編小説は僕がクラスで教えた『ハックルベリー・フィンの冒険』だった。物語の持つ深い意味にとても感銘している様子を見て、彼の中で新しいスイッチが入ったのを感じたものだ。

その年のアルフォンソは意欲的にクラスメイトを率いただけでなく、卓越した文章力も身に付けていった。卒業時には将来はスポーツ記者になりたいと話していたほどだ。

自身がスポーツをしていたこともあり、大学を卒業するとすぐにスポーツ記者として働き出した。彼が高校を卒業した後も連絡を取り続けていた僕は以前、マイクロソフトで記者をするためにニューヨークに引っ越すという内容のEメールを受け取っていた。

憧れの仕事に就きながら収入を得るすべを見つけたアルフォンソだったが、マイクロソフトとの契約期間は1年だった。ニューヨークに残るには今よりも給料の良い仕事を見つけなければならないとわかっていた彼は、最終的にマイクロソフトの宣伝部に所属し、その数年後にグーグルに転職した。

ニューヨークで再会したとき、アルフォンソはグーグルの上級管理職にまで昇進していた。彼の資産を聞いて正直感心してしまった。ブルックリンに重厚な家具や調度品をあしらったロフトが2部屋、それからフロリダには不動産物件を所有しているという。

しかしじっくり腰を据えて話し始めると、どうやら何か物足りなさを感じているようだった。グーグルは職場環境も収入も申し分ないが、主にポップアップ広告をデザインする仕事内容に不満があるという。

「僕はみんなの嫌われ者を作ってるんですよ」首を振りながらアルフォンソが言った。「先生の授業で習ったことをいつも思い返すんです。自分のやりたくないことに落ち着くな。小さくまとまるなって」

彼は安定を求めていたのだろうか。アルフォンソ夫妻は現在所有するロフト2部屋が入った建物全体を買い取るつもりだったが、それ以上に大きな計画があるのだという。数年前からフリーランスでライターの仕事を引き受けており、将来的にはフルタイムのフリーランスライターを目指しているのだと続けた。

「先生に感銘を受けて自分の進むべき道の全体像が見えてきました。今の仕事を続ければ、良い暮らしも成功も約束されているけれど、フリーランスに転向したらそうはいかないでしょうね。でも結局のところ、お金が何なんだ、って思うんです」

僕はこの旅路でお金について考えることが多かった。これまでの人生で、自分の豊かさは懐具合とは無縁だった。今回のために揃えた用具以外、最後に新品のものをいつ買ったのかも覚えていない。それでも、旅を少しでも長く続けるために自分の死と抗うことができるなら、この世にあるお金をすべて差し出しても構わない。そう思っていた。


ニューヨークを発つ前に、スティーブン・パラハシュに会いに行った。授業で取り上げたシェイクスピアの『ロミオとジュリエット』のディスカッションで、彼が愛について熱っぽく語ったことを今でも覚えている。

ところで、二人の若者が両親に背いて激しい恋に落ち、最後に死んでしまうという物語が、どうして新入生の必修文献なのか疑問に感じている教師は僕だけではないと思うが、とにかくその年は授業で取り上げることにしたのだった。

生徒たちを物語に引き込む策として、授業ではセリフの一節を読み上げ、自分がもし同じ状況に立たされたらどんな行動を取るかについて話し合った。そして物語はバルコニーのシーン（「おおロミオ、どうしてあなたはロミオなの？／お父様と縁を切り、家名をお捨てになって／そうしてくださらないなら、私への愛を誓って／そうすれば私はキャピュレットの名を捨てます」）にさしかかり、その日は愛をテーマにディスカッションをすることになった。

生徒たちにとって確かに愛は身近な存在だったが、様々な感情や状況で濫用していたこともあり、本来の意味が曖昧になっていた。すべての意味を包括できる、最小限の言葉を使った無難な定義をひねり出そうと、クラス全員が頭を悩ませていた。経験に基づいて考える生徒は、「自分にとっての愛」について思案していた。

そのひとりがスティーブンだった。内省的で芸術家肌の彼は14歳という年齢以上に大人びていて、学内でも有名な美少女で勝ち気な同級生フランチェスカ・コントレラスにすっかり熱を上げていた。ディスカッションの最中、スティーブンはおもむろに手を挙げるとクラスに向かってこんな発言をした。

「自分がすごく大切にしてる人が幸せだと知っているだけで満足な状態は？」

少なくとも〝ＬＯＶＥ〟という単語は名詞ではなく動詞だと思うと説明してから、僕はこう続けた。

「傍観者になっている限り、愛という感情を実感することはないんじゃないかな。愛とは、いてもたってもいられず行動に出てしまうほど強い想いなんだ。でもスティーブンが今話してくれたのは、愛の中でも最も辛い痛みを伴う愛だね。それは『報われぬ愛』というんだよ」

それから程なくして、スティーブンと他のクラスメイトたちが僕の教室でランチタイムを過ごしていたとき、愛という話題が再び持ち上がった。僕はこんな説明をした。

愛はマッチのようなものだ。まず1本目のマッチを擦るとまばゆい火花が散って、美しくも激しい情熱的な炎が燃え上がる。そしてマッチのように恋愛関係もいつか安定を迎える。マッチが燃えるのをじっくり眺めていると、最後には燃え尽きてしまう。行動を起こすのはそのときだ。火を完全に消してしまうこともできれば、もう1本のマッチを擦って再び炎を燃やすこともできる。人を行動に駆り立てる感情、それが愛なのだ。

すると生徒たちはポーラと僕の関係について尋ねた。授業では愛情と誇りを持って彼女の話を度々していたからだ。

そこで僕は、ポーラと一緒に歩くときはやさしく守るように彼女の背中にそっと手を置きながら、少し後ろを歩くのだと話して聞かせた。スティーブンは特別な誰かと一緒に歩いている自分の姿を想像したのか、にっこりと微笑んで言った。

「うん、それは愛だ。愛のアクションだね」

スティーブンとニューヨークで再会して、高校以降の彼がどんな道を通って愛を定義するに至ったかがよくわかった。執筆することに対する愛を見いだし、腕を磨いて本物の文章力を身につけ、長編作品に取り組む自信を数年かけて育てながら、駆け出しの脚本家としてのキャリアをスタートさせようとしている。そんな思い切ったことを一度経験したからには、自分の考えをどこまで実現できるかと更に突き進みたくなるのは当然だ。

スティーブンは新しい仕事が軌道に乗るのを待つ間に、地元の高級バーの裏方として働いていた。バーに酒やグラスを補充しながら、仕事の合間に100年以上前に飲まれていた、彼いわく「逆説的な愚と美」から生まれたカクテルの再現方法を思いつき、その作り方を身につけたそうだ。僕の滞在中には、昔話や新たな興味について語りながら、アブサンとビターズとライ・ウィスキーを使ったサゼラックというカクテルをふるまってくれた。

ウィリアムズバーグにあるスティーブンのアパートで過ごした数日間、選りすぐりの映画コレクションをガールフレンドのキャロリンと一緒に制覇した。キャロリンはこちらがうっとりしてしまうほどウィットに富んだ女性だった。三人の共通の好みである大胆不敵さがウリの犯罪映画の話をしながら、映画に対するスティーブンの情熱と造詣の深さに驚いてしまった。

それ以上に印象深かったのは、彼とキャロリンが互いに通じ合っている姿だった。スティーブンはキャロリンの手を握り、キャロリンは話をするスティーブンの目を楽しそうに見つめながら、彼の言葉の最後におどけた皮肉を付け足していた。お互いの存在に心を和ませ、その関係はとてもいきいきと輝いていた。

スティーブンとの会話は個人的というよりも知的な内容が多かったが、僕は心から楽しみ、多くのことを学んだ。

1992年にニューヨークのアンジェリカ・シアターで映画『レザボア・ドッグス』を初めて観たとき、温室育ちで潔癖症なスウェーデン人のオペア［外国の家庭に滞在させてもらう代わりに手伝いをしながら文化交流をする人］2人を連れて行ったことを話すと、スティーブンはすかさず、監督のクエンティン・タランティーノは、ジャン＝リュック・ゴダールが監督したニューウェーブの名作『はなればなれに』（原題 *Bande à part*）に敬意を表して、自身の映画プロダクションを「ア・バンド・アパート」と名付けたのだと教えてくれた。

「観たことある?」そうスティーブンに訊かれ、「ない」と答えると、彼は早速パソコンで映画をストリーミング再生してくれた。

僕たち三人は張りぐるみのソファにもたれ、サゼラックを傾けつつ会話を楽しみながら、1960年代のフィルム・ノワールを味わった。

申し分のない最高の晩だったが、夜が更けるにつれ、気分が悪くなり始めた。旅に出る前から1日に少なくとも2回は激しい吐き気に見舞われていたのだ。吐き気が起こると必ず、口の中に粉っぽい感覚と金属の味が広がって、汗をかいているというのに悪寒が走った。そんな場合は横になって目を閉じ、症状がおさまるのを待つのが得策だ。スティーブン宅ではソファに横になり、その夜はそのまま眠りについた。

翌朝になって目を覚ますと、スティーブンとキャロリンはすでに家を出た後だった。ふと気づけば、頭の下にふわふわの枕が置かれ、身体には温かいフランネルの毛布が掛かっている。視線を落とすと、僕の私物ではないパジャマを着ていることに気づき、ひとり微笑みながら思った。これぞ愛のアクションだ。

＊＊＊

『ロミオとジュリエット』のディスカッションから2年後、私とフランチェスカは熱烈な恋に落ち、それから半年間お互いに幸せに過ごした。当時はまだ、愛に対して漠然とした崇高なイメージを抱いていた。もし再びメナシェ先生に「愛とは何か？」と問われていたらきっと、家族にしか抱いたことのない感情をどうにか説明する言葉を模索しながら、途方に暮れていたことだろう。

しかし彼が話してくれたことの中に心に深く響いたものがある。授業中の熱いディスカッションではなく、確かランチタイムの最中で、友人たちと一緒にメナシェ先生とポーラの関係について質問したときだったはずだ。ポーラと一緒にいるときのメナシェ先生は常に注意を払っていて、彼女の少し後ろを歩きながらポーラが危険な目に遭わないようにしているのだと話してくれた。話を聞いて、きっとポーラはそのことに気づいていないだろうし、メナシェ先生の行動は無条件の優しさだと思った。
大半の人にとって、人生で最もつらく恐ろしいものとは人間の暗く未知なる部分に存在しているものだ。メナシェ先生はその暗闇をのぞき込んでいるだけでなく、自らの意志でその中を歩みながら、未知の世界に足を踏み入れようとしている。それこそ人生や他者への愛情を表す勇敢な行為だ。

——スティーブン・パラハシュ
コーラル・リーフ高校　２００６年卒業生

24 ニューイングランド

僕にとってタトゥーは身体を使って自分自身を表現する手段、つまり人生の詩を絵にしたようなものだ。どれもオリジナルのデザインで、これまでの個人的な信条や経験を物語っている。

左上腕にあるEP盤レコードの黒いアダプターを彫ったシンプルなタトゥーは少年時代の悪友との友情の証だし、右上腕のメキシカンスカルは心の中にある思いをほんの少しだけ吐露したものだ。

左脚にあるのは生まれて初めて入れたタトゥーだ。16歳のとき、友人のグレッグが彫ってくれたもので、見るも無惨な出来映えだ。それ以前は豚の皮膚にしか施術したことがなかったというのに、僕に試した結果がこれだ。グレッグはまず僕が描いたトライバルデザインの外枠を彫ってくれたのだがあまりに下手すぎた。そこで僕は自分でやると言い張って残りを引き継いだのだが、焼け石に水だった。灰色がかってまだらになった部分や、彫り残した箇所が点々としている。堂々の失敗作だ。

マイアミのフリーマーケットでは年齢確認なしでタトゥーを入れられることもあるのだが、生徒たちにはよく考えて決めるようにといつも言って聞かせていた。

「後悔するようなタトゥーは入れないように。一生付き合っていくことになるんだから、自分が納得できる逸話を物語ってくれるものにしないと」

かなり残念な結果になった人生初のタトゥーはさておき、実は後悔しているタトゥーが一つだけある。がん告知の後の話だ。友人とドライブしながら、僕は退屈でそわそわと落ち着かずにいた。ちょうど、がんに勇敢に立ち向かい克服する道を模索していて、哲学者マルクス・アウレリウスに関する書籍やストア派の哲学書を読み漁っていた時期だ。そんな折にドライブをしていて、「ヘル・シティ・タトゥー」という看板を偶然見かけ、まるで弾かれたようにストア派のシンボルである炎をデザインしたタトゥーを手のひらに入れようと決めたのだ。

実は手のひらには彫らないほうがいいのだが、当時はそれとは知らずにいた。せっかく入れたタトゥーも施術当日の夜にはすでに滲んで薄くなり始めていた。僕は思い入れを無にしたくない一心で、新しいデザインを入れ直すことにした。そしていつでも視界に入るようにと右手首に「Be Brave（勇敢であれ）」という言葉を彫った。化学療法が効かず、医者に治験薬を試せと力説された後で胸に入れたのが「I Decide（私が決める）」だ。

一番のお気に入りは、闘病1年を乗り越えた記念に背中に入れたタトゥーだと思う。当時リリースされたばかりだったモデスト・マウスのアルバムカバーのデザインで、葛藤と生還をモチーフにした船のいかりを持ち上げる熱気球の絵だ。旅が佳境に近づくにつれ、自分の努力が報われているような気がしていた。

ニューヨークで家族や友人たちとハヌカとクリスマスを合わせたような休暇を静かに過ごした後、再び旅に出発した。行き先はニューイングランド地方南部だ。

ちょうどポーラはクリスマスを過ごすためバーモント州の実家に帰省していたので、会わないかと誘ってみたが、返ってきたのはやめたほうがいいと思うという言葉だった。普段はかなり直感が働くほうなのに、愛に関してはからっきしダメなようだ。そのときもまだ二人の関係は好転すると希望を抱いていて、ニューヨークで新年を一緒に迎えるなんて最高のアイデアだと思い込んでいた。でもポーラは僕から遠のいていくばかりだった。

ポーラは実家からフロリダに戻り、僕はロードアイランド州プロビデンス行きの列車に乗り込んだ。

到着したのは大晦日の月曜日、激しいブリザードに見舞われた直後で、街中が膝まで積もった雪に埋もれていた。きれいな光景だったが、厳しい寒さだった。駅で元教え子のローラ・ダマンが出迎えてくれた。彼女の自宅に向かうため、うずたかい雪だまりの間を車で進むと、まるでボブスレーのコースを走り抜けているような気がした。

ローラは僕ががんを告知された２００６年の教え子だ。彼女の父ポールは翌年の初夏頃に前立腺がんと診断されていた。ローラは僕たち二人を引き合わせてくれたのだが、彼にはいろいろな意味で共感できた。

がんが発覚する以前から病床に伏していたポールは、10年前にてんかんの症状を抑えるために脳の手術を受けていた。がっしりした体格で、陽気で騒がしいところは僕とさほど違わず、互いに哀れむこともなく、冗談を言い合いながらいろんな話をした。ポールならきっとがんを克服できる、そんな実感すらあった。

ローラとは卒業後から疎遠だったので、ポールがまだ生きているのかどうかはわからなかった。ローラ宅に到着すると彼女の母親と姉妹がやって来て、一緒に温かい紅茶を飲んだ。ふと見ると、部屋の反対側の壁にポールの写真が飾られている。「ポールはお元気ですか」そう尋ねると、1年前に亡くなったとのことだった。

病気はじわじわとポールの身体を蝕み、身体能力をひとつひとつ奪っていったのだという。晩年にはおむつをつけ、身体の痛みを訴えて夜中に家族を起こすことも頻繁だった。ローラと家族がそんなつらい思いをしなければならなかったことに心がひどく痛み、それなりに健康な状態でこうして彼女たちの前に座っている自分を申し訳なく思った。でも何より、ローラたちの話を聞きながら僕が垣間見ていたのは自分の将来だった。

翌日、ローラからみんなで近所のゴルフ場にそりすべりに行かないかと誘われ、二つ返事で応じた。人生の大半を過ごしてきた南フロリダでそりすべりをした経験は片手でも余るほどだった。おまけにゴルフ場には一度しか行ったことがなく、それも10代の頃にこっそり夜に忍び込んで、ゴルフカート数台をワイヤーでつなげて場内を走りまわったことぐらいだった。

訪れたゴルフコースには小高い丘があった。僕たちはゴミ箱のフタのようなつるつるしたプラスチックの円盤に代わる代わる座ってそりすべりを楽しんだ。円盤はくるくると回転しながら丘の斜面を下っていく。自由の利く右手でしっかり円盤につかまりながら滑っていたのだが、雪のこぶにぶつかり、うっかり手を離してしまった。身体が宙を舞って、雪の上に落ちると同時に後頭部をしたたかにぶつけた。それから起き上がってローラの近くに戻ると、その目は恐怖に怯えていた。

頭の中が脈を打つようにずきずきと痛んだので、おそらく軽い脳しんとうを起こしていたのだろう。でも死期を自覚するとその程度のことはさらりと受け流すようになるものだ。数カ月前、デューク大学病院の医師に喫煙について相談をしたときには、「今肺がんになったとしても、おそらく脳腫瘍が先に悪化するでしょうね。だから吸えるうちに吸ってください」と言われていた。

その日の僕にとって、そりすべりはニコチンのようなものだった。何度も何度も丘を滑って、結局もう一度頭を打ってしまったけれど、この旅に出ようと最初に決断したときのように、向こう見ずの勝手気ままさを、一瞬一瞬味わっていた。メキシコの革命家エミリアーノ・サパタが言ったように、「ひざまずいて生きるより、立って死ぬほうがいい」！帽子がすっかり雪まみれになり、手先やつま先がかじかんできた頃を見計らって、僕たちは家路に着いた。

ローラが紅茶を入れている間に、彼女の本棚を眺めていると僕のお気に入りの小説、ケン・キージー著『カッコーの巣の上で』が目に留まった。僕自身が強烈な縁を感じていたこともあるだろうが、教え子たちの間でも常に評判の良かった作品だ。

この物語には、僕自身の人生のテーマである調和、自主性、勝利についてだけでなく、数え切れないほどの教訓をもらった。物語の語り部で、精神病院に収容されている「チーフ」は意地の悪い看護師長ラチェッドに対抗し、自らの意思を守るため、耳が不自由で話ができないフリをする。小さな勝利だが、勝利であることには変わりない。そして友人のマクマーフィーが病院の行ったロボトミー（前頭葉切断術）によって廃人のような姿に変わり果てると、チーフはマクマーフィーを窒息死させることで解放し、自身は病棟の窓を突き破って病院を脱走するのだ。

僕が小説のことにふれるとローラは、「高校のときからずっと持ってるんです」と言った。

「内容は覚えてる？」

「登場人物には今でも愛着があります」

それからローラに、この小説を授業で取り上げる前の下準備中に出会った、あるエピソードについて話して聞かせた。

登場人物のマクマーフィーはポーカーのタトゥーを入れているのだが、描かれている黒のエースと8の各2枚組の入ったツーペアは、1876年8月2日（僕の誕生日でもある）にワイルド・ビル・ヒコック［米西部開拓時代に名を馳せたガンマン。南北戦争では北軍で活躍し、その後保安官となる］が射殺されたときに手にしていた組み合わせと同じなのだ。ワイルド・ビルの死後、その手は「デッドマンズ・ハンド」と呼ばれ、僕も旅に出る前に上腕に同じタトゥーを入れていた。

腕をまくってそのタトゥーをローラに見せながら言った。

「がん告知後の僕の人生哲学なんだ。配られたカードを操ることはできない。手中のカードでどうプレイするかだ」

＊＊＊

高校1年生の頃、妊娠がわかってメナシェ先生に相談したことがあります。先生は両親と落ち着いて話すべきだとおっしゃいました。とても不安でしたが、素晴らしいアドバイスをいただきました。その1カ月後に流産してしまいましたが、それからもずっと先生のアドバイスを守り続け、以来、両親に嘘をつくことはなくなりました。先生のおっしゃったとおりでした。真実と向き合う機会を両親に与えたことで、私たち親子の絆はより深まったのです。

——ローラ・ダマン

コーラル・リーフ高校　２００８年卒業生

25 ボストン

最終目的地のカリフォルニアを目指して西に向かう前に、教え子数人に会うためボストンに立ち寄った。旅中ずっと驚かされっぱなしだったのは、現地に到着すると生徒たちが忙しい合間を縫ってすぐに会いに来てくれたことだ。電話をしただけで、毎回必ず誰かが顔を見せに足を運んでくれた。それはボストンも変わらなかった。

教え子だったクレア・コントレラスと妹のフランチェスカ、そしてもう一人の教え子マーティーン・パワーズとは、コプリー・スクエア近くのバーで待ち合わせた。

高校を卒業してから現在に至るまでの彼女たちの話を聞きながら、何気なくテーブルに目をやると、人の名前やイニシャル、気の利いたコメントなどが彫られている。そのまま話を続けながら、旅の間中、肌身離さず腰に着けていたナイフを取り出して、「僕はさっきまでここにいた」とテーブルに刻み込んだ。その後クレアたちも順番に言葉を刻み、最後にフランチェスカが「私も」と結んだ。

教え子たちが再会してまずしたがることといえば、一緒に酒を酌み交わすことだった。

彼らにしてみればある意味大切な通過儀礼だったし、僕も一緒に酒を呑めば生徒たちがくつろげるだろうと思い、そんな誘いがあればいつも応じていた。そして酒が入ると話が尽きずに、夜遅くまで語り合うことが多かった。旅をしながらたくさんのプチ同窓会に出席しているような感じで、どの同窓会も最高に楽しかった。

その晩もみんなで飲んでいると、クレアが15年前の僕の思い出を語り始めた。

「先生はすごくエネルギッシュで、明るくて、いつも楽しそうだったけど、支配的なところもあったな。先生が教室の中を歩き回りながら、凜とした声で話してる姿が思い浮かぶの。集中力を身に付けなさいっていつも言ってたよね。修正インクのこと、覚えてる？授業中に居眠りしてる子の鼻に修正インクを突っ込んでたよね」

それは忘れてもいい思い出だな。そう言うとみんな笑った。

するとフランチェスカが続けて言った。

「先生に習いたいって他の生徒はみんな言ってたんですよ。クレアは家に帰ってくるといつも『メナシェがああした、メナシェがこうした』って先生の話が尽きませんでした。例えば『メナシェにジャック・ケルアックって作家を教えてもらった』って言っては、『路上』を読んだことを話してくれたり。クレアは先生にものすごく感化されていたし、私は自分にそこまで影響を与えてくれる先生に出会ったことがなかったから、すごく羨ましかったな」

マーティーンに授業で一番覚えていることは何かと尋ねると、こんな答えが返ってきた。

「ここに着くまでいろいろ考えてたんだけど。先生の授業では文章を書くことについて考えさせられたわ。クラスで最初に出た課題のひとつは写真を使ったバイオグラフィーだったでしょう？　あれはすごく楽しかったな」

僕が受け持つクラスでは毎年始めに、人生で重要な10の出来事について写真や短いコメントをつなぎ合わせたコラージュ創作の課題を出していたのだ。

「コラージュを作りながら、誰にだって、たった13年しか生きてなかった私にですら、体験談があるんだなって思ったわ。選んだひとつひとつの出来事には必ず物語があった。それで自分に10の物語があるんだったら、他の人にもあるはずだと思ったの」

それからマーティーンは、妊娠した友人を題材にした物語を書きたいと僕に相談したときのことを話し始めた。物議を醸しそうな内容だったが、友人の置かれた状況をクラスメイトに理解してもらいたい一心だった彼女は、ぜひ書きなさいと僕に勧められてとても驚いたのだという。

結果としてマーティーンの書いた物語はクラスメイトだけでなく妊娠した友人にも大評判で、彼女自身もそれをきっかけに自分の文章が持つ力で他者の心に触れることができると自覚したのだった。そして最終的にジャーナリストへの道を決意し、イエール大学に進学した。

大学卒業後は『ボストン・グローブ』紙の記者として、人々のストーリーを世に届けているという。

「仕事はすごく楽しいわ。ジャーナリズムの世界は互いを支え合うコミュニティなの。物語を伝えることや文章の書き方にこだわりと情熱を持った人々が集まるひとつのファミリーなのよ。先生もそういうタイプだったよね。文章の躍動感はリズムと選ぶ言葉次第だって」

正直に認めよう。僕は教え子たちのそんな感想を聞くのがたまらなく好きだった。死にかけた男でもエゴを満足させたいものなのだ。しかも僕が聞かせてもらっている話は、本来なら僕が死んだ後に語られるようなものばかりだ。

シェイクスピアが『ジュリアス・シーザー』で書いたように、「人間の悪徳はその死後もなお生き続けるが、善良さは遺骨と共に葬られてしまうものだ」。僕も自分の善良さを語ってくれる話を聞いておきたかった。それが身体と共に葬られてしまう前に。

翌日の晩も外出した僕たちは、高校時代からの友人ロニーと合流した。ロニーが知っている僕は、クレアたちの知る教師としての僕とは全くの別人だ。でもみんなでグラスを傾け、笑い、友好を温めながら、若かりし頃と教師時代の僕の思い出話をその場で一度に楽しめる最高の時間になった。ロニーが昔の僕は破れたジーンズを履いてスケボーばかりしている生意気なやんちゃ坊主だったことを明かすと、クレアはそれにつられたのか、僕がまったく穴に入りたくなるような教室でのエピソードをふいに口にした。

「先生が机を壊したこと覚えてるんだけど」

授業中、生徒たちに話を理解させようと熱が入りすぎて、拳をドンと机にたたきつけたら、机の足が1本とれてしまったことがあるのだ。


夜は更けて、店の駐車場に出た。西部の長旅に気をつけてと言葉をかけてもらいながら、みんなと別れを惜しんでいると携帯に着信が入った。ポーラだ。

ポーラと話すのは彼女がクリスマスで実家に帰っていた頃から約2週間ぶりで、ぎこちない世間話が続いた。言いたいことがあるけれどどこから始めればいいのかを迷っているような口調だったので、きっかけをあげようと思った。

「僕に会えなくて寂しい?」そう言うと、ポーラはためらいながら答えた。

「あなたにいろんなことを話せないのが寂しいわ」

「僕が家にいない方が幸せかい?」

「まあ、ストレスは大分減ったわ。たくさんのことを片付ける余裕ができたし」

「ずっとそのままがいい? 僕がそこにいないほうがいいのかな」

「わからない」

「わからないの？」長い沈黙が続き、ポーラはやっと口を開いた。
「考えておくわ」

それから数日間、待ち続けた。彼女がどんな決断を下すのかを考えただけで、不安と期待に胸が押し潰されそうだった。ポーラと離れてみて、この結婚を終わらせたくないのだと実感していた。どうしてなのかわからない。ただ、和解がどれだけ侘しかったとしても、結婚生活を続けたいと願っていた。

出会ってから23年間、そしてその半分以上の結婚生活を送る中で、僕たちはたくさんのものを分かち合ってきたのだ。僕がフロリダに戻れば、二人でやり直せる方法が見つかるはずだ。ずっとそう自分に言い聞かせていた。

「ポーラ、僕には知る必要があるんだ」受話器を取った彼女に告げた。「ずっとこのまま離れて暮らしたいかい？」

「ええ、そう思うわ」穏やかだが、固い意志のこもった声だった。

まるで腹部を蹴られたように、身をよじらせながらやっとの思いで言った。

「僕が望んでるのはそれじゃない。お願いだ……もう一度チャンスをくれないか」

「ごめんなさい。手遅れなの。あなたが求めるものを私は与えられない。旅から帰ったら、他に住む場所を探して」

水も食料もなく砂漠の真ん中に一人ぽつんと置き去りにされたようだった。目が見えずに身体の不自由な人間がどうやって再出発できるだろう。そんなことは知りたくもなかった。

26　シカゴ

シカゴ行きの列車に揺られながらフェイスブックをチェックしていると、見覚えのない名前で、家に泊まっても構わないというメッセージが書き込まれていた。曖昧になった記憶の糸を懸命にたぐり寄せたが、ダニエル・リウという名にはやはり聞き覚えがなかった。彼女のページを見れば記憶が戻ってくるかもしれないと期待したが無駄だった。それでも再会すれば思い出すだろうと気を取り直し、覚えていないことを彼女には告げないことにした。ところが駅に迎えに来たのは、見ず知らずの女性だったのだ。

記憶障害のせいだ、そう思いながらもあまりにきまりが悪すぎて、本当のことを明かせないまま、その女性の車に乗り込んだ。そしてシカゴの街をドライブしながら話すダニエルの言葉にただ黙って頷くだけだった。

ダニエルはそれから数時間をかけて、ウィリス・タワー、ジョン・ハンコック・センター、ネイビー・ピアへと案内してくれた。ネイビー・ピアはミシガン湖に突き出た桟橋で、紺碧の湖はぴりっと身が引き締まるような空気に包まれていた。それほど長い間一緒にいても、まだ記憶を呼び覚ますことができない。ダニエルは僕を客として迎え入れ、街の観光案内までしてくれているというのになんてことだ。

そうこうしているうちに日が暮れ始めた。真実を話そうにも手遅れで、覚えていないことを認めるのは気が気ではなかったが、やはり思い切ってダニエルに尋ねてみることにした。

「僕の授業で読んだ本の中ではどの作品が一番印象に残ってる?」するとダニエルはさらりとした口調で答えた。

「ああ、私はコーラル・リーフには通いましたけど、先生の授業は受けてないんです。先生の旅のことを友人から聞いて、お手伝いしたくてご連絡差し上げたんです」

翌日になってダニエルがこんな話をしてくれた。彼女は以前からウィリス・タワーの展望台「スカイデッキ」に上ってみたかったが勇気がなくて無理だと思っていた。けれど僕の話を耳にして心持ちが変わったという。

「先生のおかげで、思い切って何かをやってみよう、もっと人生をしっかり生きようって気持ちになったんです」

ダニエルの話では、スカイデッキは全面ガラス張りで、全米第二位の高さを誇るウィリス・タワーの外壁から張り出すように設置されているという。それを聞いて僕はぜひ訪れてみたくなった。

展望台へ上るエレベーターの中ではキーンと耳鳴りがし、胃が持ち上がる感じがした。そしていよいよ103階に到着すると、僕は地上400メートルに浮かぶ展望台にこわごわ一歩踏み入れた。足元には下界が広がり、米粒のような車両がワッカードライブ沿いを走っているのが見える。

文字どおりにも比喩的にも世界のてっぺんに立ったその瞬間、もはや僕はがん患者ではなかった。傍らにいる友人と冒険を目一杯楽しみながら、すべてを受け入れる広く深い心と自分の運命は自分で決めるという強い意志を手にしていた。「生」を全身で味わっていた。


シカゴでの滞在期間はあっという間に過ぎ、出発する前に元教え子のケイトリン・フリンと合流して、ダイナーで一緒にグリル・チーズ・サンドイッチを食べた。

敬虔《けいけん》なカトリック教徒の家庭に生まれたケイトリンは、厳格な道徳律の中で育った。だから、高校時代の彼女のプライオリティ・リストに「精神性」と「プライバシー」が同じ位置に並んでいたのを見て驚いたものだった。

ケイトリンは後日、自分がカトリック家庭の育ちであることを恥じているのだとこっそり打ち明けてくれた。カトリック教の家庭はマイアミの標準的な家庭からは大分かけ離れていたからだ。ケイトリンはクラスメイトに自分の信仰を嘲笑されはしないかと始終怯えながら、教室ではいつも沈黙を守っていた。深遠な洞察力の持ち主だったが、心の奥底にある信仰は自分の中だけに留めておきたいと思っているようだった。

大学進学の話が出始めると僕は決まって、高校時代の陰がつきまとう地元を離れて、新しい自分を発見するためにできるだけ遠方の大学を選ぶようにと生徒たちに強く勧めていた。だから勇気をふるって大きな飛躍を遂げる選択をする生徒が現れるたびに、胸が高鳴った。

ケイトリンも僕のアドバイスに耳を傾けてくれたひとりで、高校卒業後はフロリダから遠く離れたインディアナ州サウスベンドにあるセント・メアリーズ大学に進学した。

家族と離れ小さな町で生活しながら、新しい自分になる自由を感じ、思うがままに信仰心を探求していった。また週に数回は神父の元を訪れ告解していた。ケイトリンにとって閉ざされた告解室の中で過ごす時間は癒しとなり、少しずつながらもカトリックという教派を心から受け入れ、信奉するようになっていった。大学卒業後はシカゴに移り住み、幸せな暮らしを送っていた。

マイアミ時代とは打って変わり、自信と心のゆとりに溢れたケイトリンの様子には我が目を疑ってしまうほどだった。鋼のようにしなやか意志と深い精神性を備えた凛とした女性へと成長した彼女は、ゆっくり時間をかけながら自らの信仰について話をしてくれて、ひとりで神と語り合っているときが一番幸せだということに自分の力で気づいたのだと続けた。

僕はユダヤ人として育ったが、信心深い人間ではない。母は第二次世界大戦中にナチスの強制収容所で生まれた。ポーランドに住んでいた母の両親がナチスによって引き裂かれた1カ月後のことだ。祖父は収容所からすぐに脱出すると反ナチの地下抵抗運動に参加し、身重だった祖母は強制労働収容所のあるロシアに搬送された。祖母はナチの制服を仕立てる作業を強いられ、残飯のようなわずかな食事をもらうため、一緒に収容された他の女性たちと同様にノルマを達成しなければならなかった。他の女性たちは自分に与えられた食べ物をこっそり祖母に譲り、自分たちは次のノルマを達成するまで空腹を堪え忍んだ。そしてそのノルマ達成日に無事に誕生した母は「ノーマ」と名付けられたのだ。

母と祖父母は騒乱の中を生き延び、戦後まもなく再会を果たした。しかし母は幼少時代の体験が原因で宗教にひどく憤慨していた。その悪影響をすべて目の当たりにした母には宗教が神聖で有益なものだとは思えず、僕はそんな母の考え方を受け継いだのだろう。

信じていることと言えば、僕にわざわざ関心や悪意を持って腫瘍を与える神などいるはずがないということだ。

ナンシー・メアーズも前出のエッセイで述べている。「『ハンディキャップ』という言葉はまったくもって好きになれない。なぜならその言葉は、私には想像すら及ばない何者か（私の信奉する神は障害を強いたりはしない）が私に対して恣意的に不利な条件を与えたことを意味するからだ」。

僕としては、人間としての自分の行いが脳腫瘍という結果をもたらしたと考えるほうが気が楽なのだ。神は僕たちひとりひとりの中に存在すると思う。神は僕自身の中に介在しているのだ。

ただ最初は自分の中に存在する神に接触する方法を模索しなければならなかった。それを理解する手段をどうやって手に入れたのかって？　自然の力なのかそれとも両親、社会、神、そのいずれかが与えてくれたのかどうかはわからない。どこからやってきたにせよ、今は僕の心の支えになっている。

27 ミネアポリス

シカゴ滞在中、気温はひと桁台が続いていた。そして寒さは西へ移動するごとにますます厳しくなっていった。ミネアポリスへ向かう8時間余りの旅の途中で、列車が経由駅に一時停車したのをいいことに、車内から外に出て身体を伸ばした。行程の約半分を過ぎて立ち降りたのは名前も知らない駅のプラットフォームだ。

列車から少し離れた場所で休憩していると、やにわに車掌の声が響いた。

「ご乗車の方はお急ぎください！」

旅の経験からそれが10分後に発車する合図だと知っていた僕は、焦ることもなくプラットフォームでぶらぶらとしていた。携帯電話を取り出して、シャッターチャンスとばかりに車両の乗降口に立つ車掌の姿を写真におさめた途端、彼が僕に向かって怒鳴った。

「そんなところで何をしてるんですか！　早く乗車してください！」

あたふたする間に列車はゆっくりと動き始めた。手荷物はすべて座席に置いてきたままだ。どうにか乗り込まなければという焦りで杖をあちこちに振り回しながら、よたよたと足を引きずって懸命に歩を早めようとした。車掌は慌てふためく僕を冷たい目つきで見ている。

あと30センチというところでドアが閉まりだした。今しかない。そう思った僕は右手で車両の手すりをぎゅっと掴むと渾身の力をふりしぼってぐっと身体を持ち上げ、やっとの思いで列車の中に転がり込んだ。

けれどそれはまだ序の口だ。車内ではもう一つのハプニングが僕を待ち受けていた。ミネアポリスに到着するまでまだ数時間が残っていたので、夕食をとるために食堂車に入った僕はマッチョな体格をした男性の隣に腰を下ろした。話してみると、ツインシティーズ［ミネアポリスとセントポールの二都市を中心とした都市圏］に向かっている途中で、カルフーン湖に1週間滞在しながら穴釣りを楽しむ予定だという。

彼と話しながら旅の途中で出会った中西部の人々を思い出していた。礼儀正しくて気さくだが口数はさほど多くない。僕にはそれで構わなかった。

そうこうしているうちに僕の前に注文したチキンが到着した。ナイフとフォークを同時に使えず、ゴムのように固い肉の塊とひたすら格闘し続ける羽目になった。ナイフを突き刺し自由の利く右手をぎこちなく前後に動かしながら何とかひと口大に切り分けようとしたが、チキンにはへこみすら入っていない。仕方なく諦めようとすると、釣り人の男性が突然言葉を発した。

「ほら」

彼はそう言うと、傍らにあったバックパックからきらりと光る銀色の手斧を取り出した。

「手伝ってやるよ」

そして手斧を肩の高さまで上げて一気に振り下ろした。もちろんチキンはスパッと真っ二つに切れている。

「ほう」僕は平静を装いながら言った。「いつもそうやって食事してるのかい?」


漸くミネアポリスに到着し、列車を降りた僕は気温マイナス7度より下を示していた温度計の写真を撮った。

その晩はニューヨークに住んでいた頃のウェイター仲間だったジェフリーの家に泊めてもらった。

次の日になってジェフリーと一緒にカルフーン湖を訪れ、列車で知り合ったあの釣り人の男性を探したが、湖はあまりに広すぎて他の釣り人たちで賑わいを見せており、とうとう見つけることはできなかった。ミネソタの極寒の自然の中、分厚い氷の張った湖上に立って辺りをぐるりと見渡しながら思った。たった数匹の魚を捕るために、わざわざ氷点下の屋外に出て穴釣りしたがるなんて一体どんな人たちなんだ。まあ、その答えはすでに知っていたのだが。

ミネアポリスではジェフリーの家に世話になっていたが、外出するときはほとんどエメリーという教え子と一緒だった。

彼女は最初の教え子のひとりで、学生時代には、孤独を感じることが多いのだという悩みを相談してくれた。僕自身も当時はまだ若くエメリーとたいして年も変わらなかったので、何と声をかけてあげればいいのかわからなかった。そこで、毎晩深夜零時になる前に外に出て月を眺めているのだとエメリーに話して聞かせた。月を見ていると、自分がどこにいてどんな悩みを抱えていても、この瞬間に同じ月を眺めている人が何百万人もいるのだと思うと心が癒された。エメリーも月を見上げればもうひとりぼっちだと感じることはない。そう伝えたのだった。

彼女はミネアポリスでも月を眺めていた。

地元のレストランで食事を楽しんだ僕たちは、店の駐車場に出てからも僕が旅で訪れた場所やエメリーが行ってみたい場所について話し続けた。するとエメリーは今でも時々孤独になるのだとぽつりとつぶやいた。今の僕には彼女の気持ちが痛いほどよくわかった。

それから僕たちは夜空を見上げた。たとえ人生でどんなことがあっても、夜空に浮かぶ月を見上げればお互いの存在を感じることができる。元教師と元教え子はそんな安らぎを覚えていた。

＊＊＊

高校を卒業するとき、もし先生に会いたくなったら月を見上げればいいとおっしゃっていましたね。毎晩10時から11時の間に月を眺めるからそこで僕を見つけられるよって。これまでの11年間、何度も月を見上げながら、心を慰められていました。

昔からずっと私が知っている先生でいてくれてありがとう。先生の優しさや心の広さに大勢の人たちが胸を打たれています。どうしたらそうなれるのでしょう。

私はいつも自分は先生にとって特別な生徒なのだと思っていました。私たちの間には特別な繋がりがあると思っていたのです。でも先生は誰に対しても分け隔てなく、みんなも私と同じくらい自分が先生にとって特別だと思っているのだと気づきました。

卒業アルバムに書いてくださった言葉は一生忘れません。何を書けばいいのかわからないっておっしゃいましたよね。私の顔を見て、言葉が自然に出てくるのを待ちたいって。そして私をじっと見つめて、顔を上げたままペンを走らせる手元を見ることもなく、こう書いてくださいました。

「口にしなかったことをここに記そうと思います。胸に秘めた親愛、絆、そして会いたいという気持ちです。思いをなかなか文字にできないのは、これを『さよなら』にしたくないからかもしれません。でも君も知ってるだろうけど、すべての物事は必ず過ぎて行くものです。できるだけ連絡するように。君を恋しく思う気持ちは変わらないよ、ミス・ララマ。いつまでもずっと。愛を込めて、D・メナシェ」

——エメリー・ララマ

コーラル・リーフ高校　2000年卒業生

28

カリフォルニア

２０１３年1月26日、ついに最後の訪問地カリフォルニアに到着した。ミネソタを出発してから、米北部に広がるノースダコタ、ワイオミング、ワシントンの各州を通り抜け、オレゴン州から南下するという52時間の長い長い道のりだった。列車が予定時間を遅れていたこともあり、実際に到着するまではこのままずっとどこまでも走り続けるのではないかと錯覚しそうだった。

やっとカリフォルニアの地に足を降ろしたとき、思考は混乱状態で、身体は生気が抜かれたようにへとへとだった。けれど「メナシェ！」という美しい旋律のような聞き覚えある声が耳に飛び込んできた瞬間、僕はあの頃の教室に戻っていた。

声の方を振り返ると、元教え子のモナ・タジャリがこちらに向かって駆けてくる。

「メナシェ！」モナはもう一度そう叫ぶと、愛情のこもったハグで歓迎してくれた。

モナが僕のクラスにやって来たのは、兄弟をイラン当局の手によって奪われた後、政治難民だった母親とイランからアメリカに亡命してきたばかりの頃だ。家庭では母親は力のある存在だったが、父権制社会の女性が直面する難題を抱えていたことには変わりなく、イスラム文化において女性がどう振る舞わなければならないのか、モナは心得ていた。10代の若者らしからぬ従順さで、自宅では自室にこもることが多かった。１９９７年当時の彼女はとてもシャイで、これから暮らす新しい国の文化と自国の文化との狭間で葛藤していたのだ。

シャーロット・パーキンス・ギルマン著の『黄色い壁紙』を授業で取り上げると、モナは物語に自分との共通点を見いだしたようだった。

この小説の舞台となる19世紀は、女性が患う精神病をすべて「ヒステリー」とひと括りにしていた時代だった。主人公の女性も他聞に漏れずその治療のため、屋敷に幽閉されるのだ。モナは男性上位や父権制の下に虐げられていた19世紀の西洋諸国女性の視点と自分の経験を照らし合わせながら、生まれて初めて西洋文化との接点を見つけたようだった。

物語の結末では、非力だと思われた主人公が持ち前の創造力を発揮して執筆活動を始め、周囲の支配から逃れるすべを手に入れる。つまり彼女の知的独立心が彼女の心を自由にするのだ。

現在のモナは結婚し、生後8カ月の息子ベニーと夫と共に幸せな生活を送る一方で、イスラム圏の女性を対象とした人類学の研究に勤しみながら博士論文を執筆している。それから反女性蔑視運動のワークショップをオーガナイズしている団体で働きながら、地位の改善を求める女性たちの意識向上に力を注いでいる。さらにクオータ制をテーマとした本を共同執筆し、著作は現在5カ国語に訳されているという。

モナの車に乗り込んだ僕たちは駅からそのままゴールデン・ゲート・ブリッジに直行した。

3カ月前にフロリダを出発したときは、旅を無事に最後まで終わらせることだけが目標だった。残されたわずかな視力で太平洋を拝めたなら、この旅は間違いなく成功だ。壮大なゴールデン・ゲート・ブリッジの上から、幼い頃からずっと夢見ていたインディゴブルーの太平洋を眺めながら、それまでに感じたことのない真の喜びに酔ったような目眩を覚えた。

「やった！　ついにやったんだ！」

そう、僕はとうとうやり遂げたのだ。がんが奪い去った自信を取り戻すという目標をついに達成したのだ。

この瞬間に隣にモナがいてくれることが何よりも嬉しかった。彼女は僕が生徒たちに抱く大きな夢と希望を体現してくれていた。

カリフォルニアを発つ前に、この旅で最後になる生徒との再会を果たすことができた。

前途有望な彼女にどうしても会いたかった僕は出発日を遅らせたくらいだ。

学生時代のアリー・オカンポは、自分に自信が持てない内気な少女で、まるで自分の可能性にふたをしているようだった。授業で発言する際には、考えをどう表現すればいいのかわからずに言葉に詰まることが多く、そのせいで気弱な性格がさらに内向的になっていった。

ある日、授業で模擬討論をしていた最中のことだ。意見を急いで伝えようと焦ったアリーはどもりながら言い間違いをしてしまった。教室にいた生徒の数名がクスクスと忍び笑いをしたところで、僕は叫んだ。

「一旦ストップ！」

それから土砂降りの雨の中を自分の車まで走り、数分後にびしょ濡れになったまま教室に戻ったときには、手に赤いストレスボールを握りしめていた。

病院で化学治療を受けていた最中に手に入れたものだ。そして頭がおかしくなったのかというように僕を見つめていたアリーにボールを手渡しながら言った。

「これを思いっきり握って。それから言いたいことを言ってみなさい」

まさか！　と思ったが、まるで魔法のように効果てき面だった。

それから学年末まで、僕はボールをデスクの一番上の引き出しに常備して、いつも授業の冒頭にアリーに貸し出していた。アリーは発言する心の準備ができるまで、何度も何度もボールをぎゅっと握りしめた。

学年末を迎える頃には、僕が受け持っていた上級英語クラスの生徒たちの中でも、一、二を争う雄弁な生徒になっていた。それから間もなく、アリーはボストンにある名門バークリー音楽大学に進学することになった。僕は卒業式で彼女への誇りのしるしとして赤いストレスボールをアリーに手渡しながら言った。

「作曲中にこれが必要になるかもしれないから持って行きなさい」

そんなこともあり、西海岸滞在中にアリーから「会おう」と電話がかかってきたとき、誘いを断ることなどできなかった。そこで出発日を延期して、ハリウッド・ヒルにある彼女の自宅で会うことになったのだ。

なんと彼女は人気カントリー・ミュージック・バンドのリードシンガーを生業にしていた。アリーとそのボーイフレンドで名ギタリストのジョシュは、バンドでツアーに出たり、明け方までスタジオでレコーディングしたり、有名なミュージシャンやロックバンドと交流するという華やかな生活を送っていた。

アリーの運転する車に乗って空港に向かう道すがら、この旅が終わってしまったことや教え子との別れを思うと悲しみがこみ上げてきた。空港のターミナルに到着し、僕は下り気味のテンションを上げようとTVドラマ『ローハイド』の主題歌のサビ「休まずに追い立てろ！　ローハイド！」と歌いながら、アリーが押してくれる車椅子の上で、騎士が一騎打ちで槍を頭上に掲げるように、持っていた白い杖を高く上げた。

「そんなことしたら捕まるって！」

アリーはそう言って、僕たちは思わずぷっと吹き出した。

警備の許可を得て、アリーは搭乗ゲートまで車椅子を押してくれた。そして別れ際、ハンドバッグの中からあの赤いストレスボールを取り出した。

「これをもらってから5回は引っ越したと思うけど、一度もなくさなかったよ。今でもすごくストレスが溜まったり、不安になったりすると、これを握ってるわ」

「お、まだ使ってくれてるんだね。それはまさかだったな」


教え子たちは成長し、それぞれが、夫、妻、父、母、ウォール街の銀行員、博士論文候補者、政府や入国管理局の職員、物書き、教員、弁護士として成功を手にしていた。教師として当たりくじを引いたような気持ちだ。

新米教師として全米有数の進学校で初めて教壇に立ち、それから15年間、勉強熱心な生徒たちと共に切磋琢磨してきた。

この旅路では、教える立場から教えを請う立場となり、生徒たちを通じて新しい世界を知り、想像もつかなかった経験を味わうことができた。何より僕にとって一番大切だったのは、教室で過ごした日々の輝きと足跡が、再会した教え子ひとりひとりの中に垣間見えたことだ。

教え子たちの目に映る僕は今の僕そのままだ。白い杖を片手に痛々しげに足を引きずりながら、うっかりペットを踏んづけたり、子どもに衝突したり、貴重品にぶつかってひっくり返したりする、今の僕だ。

それでも彼らは僕を自宅に迎え入れ、僕の不調や身体の障害など顧みず、ありのままを受け入れてくれた。彼らにとって僕はまだ昔の大好きな尊敬する先生で、ほんの束の間でもあの日の自分に戻れたことが嬉しかった。


旅を終えてフロリダに戻りしばらく経ってから、クリニックに顔を出すことにした。もう何カ月も使っていなかった化学療法用のCVポート〔薬剤を投与するために皮膚の下に埋め込んだ医療機器〕を洗浄するためだ。そんな単純な手間でも感染症を防いでくれるのだ。予約を取って、友人で元教え子のジェニファーが運転する車で、知りすぎるほど知り尽くし、16回も化学療法の治療に通ったクリニックに向かった。

建物の中に入る前にジェニファーに向かって、クリニックの化学療法室にいる人たちの中には、僕が治療を止めて旅に出ることを反対した人たちもいたと念のため伝えた。今回は一体どんな反応が返ってくるんだろう。しかし僕とジェニファーが玄関に入ると、廊下の奥から意外な音が聞こえてきた。拍手だ。

「どうなってるんだい?」とジェニファーに聞くと、彼女はさあ、と肩をすくめた。何が起きているのか確かめようと、音のする方に向かって廊下を歩いた。

治療室に入ると、その場にいた患者、看護師、医師たち全員が拍手をしていて、僕の姿を見るとおもむろに立ち上がった。体力が弱って自力では起き上がれない患者ですら立ち上がろうとしてくれた。みんな彼らの前を通り過ぎる僕の肩を抱き、ハイタッチの手を掲げてくれた。そして最後に、仲の良かった看護師のソーニャが、旅の達成を表彰する「パープル・ハート章」を手渡してくれた。

『カッコーの巣の上で』のチーフが精神病院の窓を破って自由の身となったように、僕が治療を止めて旅に出ると最初に言い出したとき、たくさんの人が僕の正気を疑っていた。けれど今はこうして旅を完遂したことを称賛してくれている。僕はこの瞬間を一生忘れないだろう。

全行程101日間、31都市、撮影した写真1840枚、録音した会話62時間、再会した生徒75名。ハックルベリー・フィンが体験したように、今回の旅は僕の世界観を大いに広げてくれた。それにハックの言うとおりだと気づかせてもくれた。

「いかだよりいい家なんてねえ」

＊＊＊

学生の頃にしてくれたこと、どうもありがとう。そしてクラスに優しく迎え入れてくれたこと、ありがとう。10代からその後大人になるまで、将来どんな人間になりたいのか、自分のアイデンティティを探しながら葛藤していた私の苦しみを和らげてくれて、ありがとう。学生の頃はいつも男の子、友達、両親、大学のことを一緒におしゃべりしながら、優しく私を気遣ってくれてありがとう。どんな困難が待ち構えていても絶対に夢を諦めるな、と励ましてくれてありがとう。最後に、教師という言葉が持つあらゆる意味で、教師であり続けてくれてありがとう。先生の生徒になれて本当に幸せ者です。今でも先生に教えられ、鼓舞され、励まされています。出会えたことをとても光栄に思っているし、会いに来てくれて嬉しかった。ありがとう、メナシェ先生。たくさんお世話になってます！

——モナ・タジャリ

コーラル・リーフ高校　２００１年卒業生

29　人生という旅

僕が現在我が家と呼ぶこの一軒家のポーチから、たそがれ時の苔むした道路とその向こう側にたたずむゴシック様式の家並みを眺めている。ブリタニア・ストリートとニューオーリンズの街に夕暮れが訪れる。育てているピンク色のマグノリアがしおれてしまうほど、長く蒸し暑い夏の終わり。辺りに人や車の影は見当たらない。むしろ少し奇妙な静けさが周囲を包み込む。考えごとをするにはおあつらえ向きの時間帯だ。

思いを巡らせるのは僕自身のことだけではない。スケートボードで作ったラウンジチェアの背にもたれながら今でもこの身体が覚えているのは、線路を急ぐ列車の揺れる振動、ブレーキをかけるグレイハウンドバスが前後に揺れる感覚、そして幾晩も世話になった数十脚のソファのざらざらした布の感触だ。

「旅はどうだった?」そういつも聞かれるたび、まだその途中だ、という答えしか思い浮かばない。そう思うこと自体が教訓なのかもしれない。移動しているという自覚があろうとなかろうと、人生という旅は続いていくのだから。

出発するまでは、旅の途中で息絶えるのだと信じて疑わなかった。でも僕は生き延びた。この旅によって生きたのだ。旅は僕の命を奪うどころか、僕を救ってくれた。人生のどん底から頂点にまで僕をすくい上げてくれた。そしてボノが「空にキスしたいなら、ひざまずき方を学ぶんだな」と歌っているように、人生のどん底と頂点は繋がっているのだと気づかせてくれた。

そう、僕はひざまずいた。何度も何度も、つまずきながら列車を追いかけて、プラットフォームで人にぶつかりながら、心の底から謙虚な気持ちになり、屈辱も味わった。それもすべて必要な階段だったのかもしれない。

これまでの人生のモットーは「僕にまかせろ」だった。けれどこの不自由な身体で、他者の善意に100パーセント依存しながら一人旅を続けるうちに、自分ひとりではどうにもならないと気づかされたのだ。

けれど完全にひとりぼっちではなかった。教え子たちがいてくれた。彼らが僕を救ってくれた。態度のでかいスケボー好きの若造に手を差し伸べてくれたのは教え子たちだ。教職を離れることを余儀なくされ、バツイチ無職の障害者になったという現実から僕を救ってくれたのもまた彼らだ。文字どおり数千人の教え子たちが僕に愛と祈りを贈り続け、支えとなってくれた。そして全米に住む数百人は多忙の中でもすぐに会いに来て、僕を快く歓迎してくれた。彼らがいてくれなかったら本当にどうなっていたのか見当すらつかない。

再会したほとんどの生徒がプライオリティ・リストのことを覚えていた。授業から5～10年が過ぎた今でも、黄ばんでしわくちゃになった昔のリストを、その他の大事な思い出の品々、押し花にしたバラ、卒業式のキャップについていたタッセル、昔観た映画やコンサートのチケットと一緒に、卒業アルバムや古い日記にはさんで大切に保管している。教室を離れても、現在の自分自身や最も大切なものを見極めるために、プライオリティ・リストを書き出す教え子たちもいる。彼らには授業で言った言葉をもう一度伝えた。

人生が変われば、プライオリティも変わる。

様々な土地を訪れ、数多くの人々と出会った僕には今がプライオリティ・リストを再評価する時期なのかもしれない。

新しいプライオリティ・リストのトップに上がるのは「強さ」。昔のリストには影も形もなかったはずの言葉だ。

以前の僕は、「強さ」と「力」(リストにあった言葉)の意味をはき違えていたようだ。けれど、この二つには決定的な違いがあることを学んだ。「力」とは変化をもたらす能力のことだ。若い時分は何かに影響を与え、変化をもたらす「力」が欲しかった。はたしてどんな力かわからないが、自分が持っていたその力を有効に使えたことには満足している。しかし「強さ」とは忍耐力だ。今後、僕のリストのトップ近くに必ず置いておかねばならない言葉だ。残された日々を過ごすために必要なのは、毎日を耐え抜く強さなのだから。

がんを発症する前からずっと変わらなかったのは、生徒たちへの献身だ。彼らは僕のナンバーワン・プライオリティだ。

そして旅を続けながら、僕も生徒たちのプライオリティなのだと気づかせてもらった。教師として生徒たちに、本と文学を愛する心や世界に対する好奇心を持たせられていればと願っていた。けれどそれ以上に僕の心を満たしたのは、優しくて愛情深い人人に成長した教え子たちの姿だった。がんと絶望から逃れ駆け込む場所を与えてくれた上に、お礼など必要ないと言って見返りを求めなかった。その姿を見ても、人に対する考え方を変えるには足りないとするなら、何をもって変えられるのか僕にはわからない。

もうすぐ夜の帳が下りて、辺り一面は闇に包み込まれるはずだ。でも後ろを振り返れば、家の中には灯りがともっている。夕食前のひとときにおしゃべりを楽しむルームメイトのジェンとメリッサの笑い声が聞こえる。しばらくして夕食が始まれば、二人はホットソースの瓶を開けるのを手伝ってくれ、皿によそった食べ物を切り分けてくれるかもしれない。

昔々それは僕にとって深い悲しみを伴うものだった。今は二人が側にいてくれることに感謝している。そしてさらに僕の胸を打つのは二人とも元教え子（２００９年と２０１０年の卒業生）だということだ。

僕の人生は一巡してふりだしに戻ったのかもしれない。

＊＊＊

あなたに伝えておきたいのは、私の人生の幸せはすべてあなたのおかげだったということです。あなたは私に対してとても忍耐強く、信じられないほど良くして下さいました。それをお伝えしたいのです――他の人たちもそれをわかっています。もし誰かが私を救ったなら、それはあなたでした。私にはもう何も残っていませんが、あなたの優しさだけは今も確信しています。

――ヴァージニア・ウルフ［英女性作家・評論家。モダニズム文学やフェミニズムの先駆けとして高い評価を得るも、生涯うつ病に悩まされた］

1941年3月

エピローグ

「人生の最も優れた使い方は、それよりも長く残るもののために費やすことである」
——ウィリアム・ジェームズ　哲学者

今日ひとつ命を救いました。特別な柄にもない何かをすることなしに、自らを殺めようとしていた生徒の命を救いました。彼女の言葉に耳を傾け、地に足のついた物の見方をアドバイスし、彼女が無条件に受け入れられているのだと確信させ、居心地のいいオフィスを提供しただけです。それで彼女の命は救われました。

私はカーラ・トルッチオと言います。メナシェ先生の元教え子で、今は高校でガイダンスカウンセラーをしています。教育に携わるようになったのはメナシェ先生に感化されたからだと思っています。学生時代、そして今でも、教えることに対するメナシェ先生の想いに好奇心をそそられているのです。

先生にとって教師とは「職業」でなく、情熱を傾ける対象でした。私も自分が夢中になれるものを見つけました。毎朝起きるのは自分のためだけでなく、私という存在を頼りにしている全校生徒のためです。

メナシェ先生、あなたが自分の価値を知っているようにと心から願っています。生徒にインスピレーションを与えたあなたと比較される立場になれたら、私はそれだけで幸せです。あなたは10代後半の子どもだった私たちに、情熱を傾けられる何かを見つけるすべを示してくれました。

人は誰にでも可能性があると私は思います。でもその可能性を見つけるには適切な助けが得られるかどうかが重要なはずです。先生は私たちひとりひとりの個性を信じることで、可能性の扉を開きたいという気持ちを持たせてくれました。

メナシェ先生の授業では毎回決まった課題が出されていましたが、当時の私にはその本意が掴めずじまいでした。授業中の誰かの発言や行動を一緒くたにしてリストをつけておくようにと先生は指示を出したのです。

例えば、教室を出て行った生徒の名前、授業中の発言や質問や雑音。そして授業の最後には、クラスメイトたちとリストを比較することになっていました。

あれから13年が経って、漸く先生の真意を理解しました。一見お遊びのような経験学習から学んだのは、私たちが気づかない間にも周囲では様々なことが起きているということ。そこからどんなささいな物事にも目を向けることを学んだのです。個人差や状況にかかわらず、人生は続き、世界は回り続けるのだと。それを思うと、今のメナシェ先生の置かれている境遇との関わりを考えずにはいられません。メナシェ先生は病気の予後を受け入れながら、自分の人生を生きることを諦めてはいない。それほどの厳しい現実は誰もが受け止められるわけではありません。

先生は教職を退かれましたが、私が先生の教えを生徒たちに伝え続けます。

地元の大学では数学期間、学部生に心理学を教えました。授業を続けるうちに、テキストや標準カリキュラムだけではクラス全員の質問に答えることはできないと知りました。そして最終的に、異なる種類の愛を私自身の言葉で定義しなければならないことに気づいたのです。

でもそれはほぼ不可能ですから、代わりに「メナシェ式イヌイットを使ったたとえ話」を授業で取り上げることにしました。というのも、どうやらイヌイットの言語には雪を表す言葉が多数あるそうなのです。それなら私たちも様々な言葉を用いて愛を表現することができるのではないでしょうか。私は母を愛するのとは違った形でアイスクリームを愛している。愛とは複合的な、ある程度の範囲で誰しもが感じることのできる感情です。人は誰もが愛する能力を備えています。

生徒を愛し、教え、鼓舞する。

メナシェ先生、もし先生が誰かの人生に立ち会った確信を求めているなら、大丈夫、先生は人々の人生に立ち会っていると私が断言します。先生の教えや情熱は、教え子、そして生涯の友人である私たちの心に息づいています。これからも目的を持った人生を歩み、必要としている人にはインスピレーションを与え続けることを約束します。

言うまでもありませんが、先生は自分の人生をそれよりも長く残るもののために費やしたのです。

The Priority List

プライオリティ・リスト

Acceptance	受容	Possessions	財産
Adventure	冒険	Power	力
Artistic Expression	芸術表現	Privacy	プライバシー
Career	仕事	Respect	リスペクト
Education	教養	Security	安心
Family	家族	Sex	性
Friendship	友情	Shelter	保護
Fun	愉しみ	Spirituality	精神性
Health	健康	Style	スタイル
Honor	名誉	Technology	テクノロジー
Independence	自主性	Travel	旅
Love	愛情	Victory	勝利
Marriage	結婚	Wealth	富

人生《じんせい》という教室《きょうしつ》

プライオリティ・リストが教《おし》えてくれたこと

発行日　2014年7月14日　第1刷発行

著者　ダヴィード・メナシェ

訳者　川田志津（かわた・しづ）

装丁　川村哲司、高橋倫代（atmosphere ltd.）
装画　龍神貴之

発行者　田辺修三
発行所　東洋出版株式会社
〒112-0014　東京都文京区関口1-23-6
電話　03-5261-1004（代）　http://www.toyo-shuppan.com/

編集　秋元麻希

印刷　日本ハイコム株式会社
担当　大家進

製本　加藤製本株式会社

ISBN 978-4-8096-7742-7
定価はカバーに表示してあります

ISO14001 取得工場で印刷しました